ALBRECHT GRALLE

SCHNEEFLOCKENZEIT

ALBRECHT GRALLE

SCHNEEFLOCKENZEIT

WEIHNACHTLICHE KURZGESCHICHTEN
MIT LANGZEITWIRKUNG

neukirchener
aussaat

MIX
Papier aus verantwortungsvollen Quellen
FSC® C014138

Dieses Buch wurde auf FSC®-zertifiziertem Papier gedruckt.
FSC® (Forest Stewardship Council®) ist eine nichtstaatliche, gemeinnützige Organisation, die sich für eine ökologische und sozialverantwortliche Nutzung der Wälder unserer Erde einsetzt.

Bibliografische Information der Deutschen Nationalbibliothek

Die Deutsche Nationalbibliothek verzeichnet diese Publikation in der Deutschen Nationalbibliografie; detaillierte bibliografische Daten sind im Internet über http://dnb.d-nb.de abrufbar.

Umschlaggestaltung: Grafikbüro Sonnhüter, www.sonnhueter.com,
unter verwendeten Bildern von © Rus S, Sergio Schnitzler, Tolikoff Photography,
Swetlana Wall, Nomad_Soul (shutterstock.com)
Lektorat: Dr. Susanne Roll, Neuenkirchen-Vörden
DTP: Breklumer Print-Service, www.breklumer-print-service.com
Verwendete Schrift: Adobe Garamond Pro, Futura
Gesamtherstellung: Gesamtherstellung: Finidr, s.r.o.
Printed in Czech Republic
ISBN 978-3-7615-6334-2 Print
ISBN 978-3-7615-6335-9 E-Book

www.neukirchener-verlage.de

INHALT

1 DAS WEISSE KLAVIER

In dem Zimmer einer Altbauwohnung stand ein Klavier halb vergessen in einer Ecke. Weil es mehr zur Dekoration diente und von menschlichen Fingern kaum berührt wurde, befand es sich seit Jahren in einer miserablen Stimmung. Die Saiten waren ausgeleiert, der Rahmen war verzogen, und wenn ausnahmsweise doch einmal jemand darauf spielte, hörte es sich an, als ob es Bauchschmerzen hätte.

Nun stand das Klavier mit seinem Stimmungstief auch noch ausgerechnet in einem Zimmer mit anderen Instrumenten zusammen, die durchaus in Gebrauch waren und häufiger in die Hände genommen wurden. Nur für das Klavier fand sich kein Spieler. Die anderen Instrumente seufzten jedes Mal genervt, wenn eines der Kinder zum Spaß darauf herumklimperte.

„Unerträglich", quietschte die Klarinette und machte ihre Klappen zu.

„Das ist ja nicht auszuhalten", brummte der Bass in der Ecke und drehte sich zur Wand.

„Eine Beleidigung für Empfindsame!", hauchte die Blockflöte. „Und was wird erst passieren, wenn unsere Musiker in ein paar Wochen Weihnachtslieder spielen wollen? Auf diesem verstimmten Kasten? Unmöglich!"

„Phhh!", zischte die Klarinette. „Dazu braucht man kein Klavier. Flöte, Klarinette und Bass genügen."

Das Klavier war zwar alt, aber nicht dumm. Es bekam ganz gut mit, was die anderen sagten. Aber was sollte es tun? Es konnte seinen verzogenen Rahmen nicht alleine zurechtbiegen. Einmal hatte es das probiert, aber da ging ein lautes Knacken durch seinen Körper, und schnell hörte es mit seinen Dehnübungen wieder auf.

Es gab nur ein einziges Wesen, dem die Zustände des Klaviers nichts ausmachten: Das war eine junge Maus, die sich aus der Winterkälte in den Klavierkasten geflüchtet und es sich darin gemütlich gemacht hatte. Je weniger auf dem Klavier gespielt wurde, desto besser. Dann hatte die Maus ihre Ruhe. Sie fühlte sich im Bauch des Klaviers richtig wohl.

An den dicken Basssaiten konnte sie wunderbar hinaufklettern und wenn sie sich auf die höheren Saiten schwang, klangen immer geheimnisvolle Töne nach draußen.

„Habt ihr das gehört?", fragte die Klarinette.

„Was denn?", grummelte der Bass, der sich gerade bewundernd im Fenster spiegelte und in der Dämmerung sah, wie der erste Schnee fiel.

„So eine eigenartige Musik, die aus dem Klavier kam..."

„Ach, das bildest du dir nur ein", meinte der Bass, „vielleicht schnarcht es nur."

Aber die Blockflöte, die auf dem Notenständer lag und einen guten Überblick hatte, wusste Bescheid. „Im Klavier lebt eine Maus!"

„Was?" Bass und Klarinette waren entsetzt.

„Es ist eine Zumutung, mit so einem halb vergammelten Instrument im selben Zimmer zu wohnen", gab die Klarinette pikiert von sich.

„Womöglich nagt uns diese Maus noch an!", schimpfte der Bass brummend und schüttelte sich, dass die Saiten klirrten.

„Tja", hauchte die Flöte, „mit dem alten Kasten ist absolut nichts mehr los." Sie wandte sich an die Klarinette: „Wir sind da aus einem ganz anderen Holz geschnitzt, nicht wahr? Wir sind nicht so riesig und so kompliziert gebaut. Man kann uns überall hin mitnehmen. Ich sage immer: Man muss beweglich bleiben und nicht so schwer und behäbig sein wie ein Klavier."

„Na ja“, meinte der Bass, der sich halb angesprochen fühlte, „man kann schon groß und dick sein und trotzdem beweglich bleiben!“ Damit drehte er sich elegant einmal um sich selbst.

Das Klavier schwieg, weil es diese trübsinnige Unterhaltung Wort für Wort mitbekam und inzwischen selber dachte, dass mit ihm nicht mehr viel los sei.

„Ich bin zu nichts mehr zu gebrauchen“, dachte es und ließ seine Saiten noch mehr hängen. „Irgendwann geht eben alles zu Ende“, sinnierte es weiter, „sterben müssen wir alle.“

Von da an gab es seinen Musikgeist auf und seine Saiten klangen nur noch stumpf und leer.

Aber dann kam Evelyn! Evelyn war eine gute Bekannte der Familie und hatte seit neuestem einen Freund, der ein Antiquitätengeschäft besaß, John hieß und ursprünglich aus Ghana kam.

Sein Lieblingsinstrument war das Klavier, denn er sagte immer: „Das Klavier ist der Beweis, dass es geht.“

„Das was geht?“, fragte Evelyn am Anfang ihrer Beziehung.

„Das Zusammenleben der unterschiedlichen Menschen. Du brauchst nur auf die Tasten zu blicken, und du merkst: Die weißen brauchen die schwarzen Tasten, sonst klingen die Akkorde eintönig und langweilig und die schwarzen brauchen die weißen Tasten, sonst kriegen sie keine vollständigen Tonleitern und Melodien hin.“

Jedenfalls kam Evelyn eines Tages in das Musikzimmer und verliebte sich in das ausgeleierte Klavier. Sie sah es sich an, erfuhr, dass die Klaviermarke immer noch gefragt war, kaufte es, beförderte die Maus nach draußen und schaffte das alte Stück in ihre Wohnung. Dann holte sie einen Klavierstimmer, der sich lange das Instrument ansah, abklopfte und schließlich sagte: „Hmm, ein gutes Klavier, doch ich befürchte, wir kriegen es nicht mehr so hin, wie es mal war. Aber ich kann es so stimmen, dass es insgesamt tiefer klingt und in sich stimmig ist. Vielleicht können wir seinen Geist zu neuem Leben erwecken!“

„Na, das ist doch wunderbar!“, rief Evelyn. „Was brauchen wir dauernd hohe Stimmungen? Ein bisschen tiefer ist sogar gemütlicher. Und ich bin sowieso ein Alt.“

Geduldig schmirgelte sie den Lack ab und strich es weiß an. Dem Klavier tat das gut und ein neuer Geist wehte durch seine Saiten. Als John mit ein paar Freunden vorbeikam, spielte er: „Nobody knows the trouble I've seen“ und fing an zu improvisieren. Nach einer Weile sagte er: „Mann! Der Kasten hat Charakter! Da kommen diese neuen Modelle nicht mit.“

Seit dieser Zeit war das Klavier der Mittelpunkt des Zimmers. Evelyn fing an, ein paar Lieder für Ihre Weihnachtsparty zu üben und sang dazu.

Besonders bei der Strophe: „… Ich stand in Spott und Schanden, du kommst und machst mich groß“, musste sich das Klavier richtig zusammenreißen, sonst hätte es geweint vor Freude, und das wäre nicht gut für seine hölzernen Innereien gewesen.

Schade, dachte es, dass die Klarinette, die Flöte und der Bass mich nicht sehen und hören können! Ich glaube, die würden gelb werden vor Neid.

* * *

2 ABER DAS BLIEB NICHT SO

Heinz Kuhnau hatte immer weniger Zeit seitdem er Rentner geworden war. Plötzlich hatten sich hundert Dinge in die neu entstandenen Freiräume gedrängt wie Krimskrams in leere Schubladen: kleine Reparaturen im Haus, Besichtigungen, Enkelbesuche, Einkäufe, Ehrenämter, Bemerkungen wie „Könntest du uns nicht mal eben aushelfen? Du hast doch Zeit!“ … und natürlich die täglichen Besuche bei seiner dementen Frau im Seniorenheim.

Und jetzt noch die Tafel. Warum hatte er sich nur breitschlagen lassen, einmal die Woche Lebensmittel an Bedürftige zu verteilen, die schlecht zu Fuß waren? Hätte er nicht einfach Nein sagen können?

Er blickte auf die Uhr: Halb neun. Zeit, um loszufahren. Heinz öffnete seinen Kombi, klappte die Sitze um und warf eine Decke über die Ladefläche. Dann stieg er ein und fuhr los. Das Thermometer zeigte ein paar Grad über Null. Wenigstens keine glatten Straßen.

Fünf Minuten später parkte er vor dem Tafelgebäude, holte sich leere Kisten, um Brot, Brötchen und alte Kuchen einzusammeln, die die Bäckereien loswerden wollten. Das war die erste Tour, danach würde er sechs oder sieben Lieferungen einladen und sie zu den Leuten bringen, die nicht selber kommen konnten. Er startete und drehte am Radio. Irgendein Popsong strömte durch das Auto. Im Grunde war es ja ein sinnvoller Vormittag in der Woche. Er brauchte nicht zu hetzen, konnte sich seine Zeit einteilen, zwischendurch einen Kaffee trinken und als Wohltäter auftreten.

Wenn er daran dachte, dass manche Leute direkt auf ihn warteten, ja, dass er manchmal sogar der einzige Mensch am Tag war, mit dem sie redeten!

Alles in allem eine gute Sache, dachte er, *auch wenn der Vormittag verplant ist*. Er hielt vor der Bahnschranke.

„Und nun zu unserem Adventsquiz", hörte er eine aufgeräumte Männerstimme aus dem Radio. „Wir haben heute am Telefon, Frau Annegret Hilchenbach. Sind Sie bereit, Frau Hilchenbach?"

„Ja", antwortete eine gepresste Frauenstimme.

„Es geht um …", die Stimme dehnte das „um" dramatisch in die Länge und knallte die nächsten Worte in das Mikrofon, „achthundert Euro!"

Die Bahnschranke schwang hoch und Heinz Kuhnau fuhr an. Vorne auf dem Armaturenbrett lag ein Zettel, der ihm freie Fahrt durch die Fußgängerzone zusicherte.

Die Altstadt mit ihren Adventsdekorationen öffnete sich vor ihm. Er fuhr an Fachwerkhäusern vorbei, Friseurläden, Elektrogeschäften und leerstehenden Wohnungen.

„Was bedeutet das Wort Advent?", fragte der Moderator. „Sie haben vier Möglichkeiten, Frau Hilchenbach: A: Es ist griechisch und bedeutet: vier Kerzen. B: Es ist Latein und bedeutet: Ankunft C: das Wort kommt aus dem Althochdeutschen und bedeutet: sehnsuchtsvolles Warten. Und D: Es ist ein spanisches Wort und bezeichnet die Zipfelmütze des Weihnachtsmanns. Also: A. vier Kerzen, B: Ankunft, C sehnsuchtsvolles Warten oder D: Zipfelmütze.

„Lächerlich", brummte Heinz Kuhnau und schaltete in den zweiten Gang zurück, weil die Bäckerei in Sicht kam. „Jeder weiß doch, dass Advent aus dem Lateinischen kommt und Ankunft heißt!"

Man hörte eine spannungsgeladene Musik und die leise Stimme von Frau Hilchenbach, die an der Lösung herumrätselte. „Na ja, vier Kerzen könnte ja sein. Die Zipfelmütze scheidet sicherlich aus. Ich denke mal: entweder sehnsuchtsvolles Warten oder vier Kerzen…"

„Noch zehn Sekunden!"

„Meine Güte", seufzte Heinz, „Ankunft, Ankunft, Ankunft!"

„Vier Kerzen", sagte Frau Hilchenbach etwas hilflos.

„Das iiiist … nicht richtig. Schade. Aber ihre Konkurrentin könnte jetzt auch einen Fehler machen. Noch ist alles offen." Musik setzte ein und Heinz Kuhnau stieg aus, überließ das Feld der unhörbaren Konkurrentin, holte die drei leeren Kisten aus dem Auto und betrat die Bäckerei.

Ein wunderbarer Duft strömte ihm entgegen, eine Mischung aus frischem Brot und einer Vanillenote. Aus dem Kaffeeautomaten duftete es nach frisch gebrühtem Kaffee. Heinz lockerte seinen Schal, ging durch den Verkaufsraum in den Hinterhof, wo drei Kisten mit Broten, Brötchen, Laugenstangen und zerdrückten Croissants von gestern warteten. Als Krönung obendrauf stand ein Blech mit Kuchen- und Tortenresten.

Er lud alles in sein Auto und fuhr dann ein kleines Stück weiter zur Tankstelle, wo ebenfalls die alten Brötchen elegant und barmherzig von Heinz Kuhnau entsorgt wurden.

Immer noch lief die Quizsendung.

„…wieder im Rennen, Frau Hilchenbach, herzlichen Glückwunsch!", lobte die Stimme. „Für alle, die jetzt erst zugeschaltet haben: Frau Annegret Hilchenbach und Frau Ilse Döbner versuchen die Adventsrätsel zu knacken. Dann gleich die nächste Frage, eine Doppelfrage an Frau Hilchenbach. Und das bedeutet: „Ihr Gewinn verdoppelt sich, wenn Sie beide lösen. Ihr Gewinn halbiert sich, wenn Sie nur eine Frage lösen. Also, sind Sie bereit?"

Ein elektronischer Trommelwirbel setzte ein.

„Ja", sagte Frau Hilchenbach schlicht.

„Wo wurde der erste Adventskranz aufgehängt und wie viele Kerzen hatte er? A: In Köln, B: In Birmingham/England, C: in Schwäbisch Hall oder D: in Hamburg."

Heinz hielt erneut vor dem Bahnübergang.

Er seufzte: „Natürlich in Hamburg, bei Wiechern im Rauen Haus!"

„In Hamburg?“, sagte Frau Hilchenbach zaghaft mit einem fragenden Unterton.

„Sind Sic sicher?“

„Ja, ja, ja, sie ist sich sicher!“, brummte Heinz.

„Ähm“, überlegte Frau Hilchenbach, „doch, ich bleib bei Hamburg.“

„Das iiist … richtig!“

Heinz hörte künstliche Trompetenklänge.

Frau Annegret Hilchenbach lachte erleichtert.

Sympathisches Lachen, dachte Heinz.

„Und wie viele Kerzen hatte der erste Adventskranz? A: vier B: vierundzwanzig C: achtundzwanzig oder D: dreiundzwanzig?“

Wieder der Trommelwirbel.

„Meine Güte“, rief Heinz und trommelte gegen den Takt auf das Steuerrad, „das nächste Mal sollte ich bei diesem Rätselraten mitmachen. Dreiundzwanzig, Frau Hilchenbach. Im Jahr 1839 waren es zwischen dem ersten Advent und Heiligabend dreiundzwanzig Tage. Für jeden Tag eine Kerze. Darunter vier dicke für die Sonntage und die sind dann später übriggeblieben.“

„Hm“, murmelte Frau Hilchenbach, „vier sind's sicher nicht, das wäre zu leicht…“

„Oh“, rief die aufgeräumte Stimme, „sagen Sie das nicht. Es könnte auch eine Fangfrage sein.“

„Nein, nein!“ Frau Hilchenbach ließ sich nicht beirren.

„Gut so“, murmelte Heinz, „lass dich nicht einschüchtern!“

„Vierundzwanzig würde Sinn machen, achtundzwanzig eher nicht…“

„Sind Sie sicher, Frau Hilchenbach? Vielleicht wurden ja die Sonntage extra gezählt!“

Heinz fuhr über die Schienen. „Komm schon, Annegret! Sag es! Drei-und-zwan-zig! Drei-und-zwan-zig!“

„Ja, dann sage ich einfach mal … dreiundzwanzig.“

„Das iiist … richtig!“ Die Stimme des Moderators überschlug sich fast vor Begeisterung. Trompeten setzten ein.

Heinz war wieder bei der Tafel angekommen, holte sich den Adresszettel, fragte, ob etwas Besonderes anliege und bat einen kräftigen Mann mit Glatze, ob er ihm beim Einladen behilflich sein könne.

„Klar Mann!"

Das Auto war schnell beladen. Diesmal ging es in die andere Richtung, über den Fluss, der die Stadt durchzog.

Etwas oberhalb lagen Siedlungshäuser. Heinz Kuhnau holte eine der Kisten heraus, klingelte und wartete. Das kannte er schon. Herr Knieske saß im Rollstuhl, hatte eine Beinprothese und war nicht so schnell beim Öffner.

Jetzt summte es und Heinz drückte die Tür nach innen.

„Da bin ich wieder, Herr Knieske."

Er betrat den Flur und dann das Wohnzimmer. Über dem Couchtisch hing eine dicke Rauchwolke. Neben dem lauten Radio, aus dem die Stimme des Moderators ertönte und die nächste Frage ankündigte, lag ein Päckchen Tabak und Papier zum Selberdrehen. Auch Herr Knieske schien mit zu rätseln.

„Stellen Sie die Kiste in die Küche!", rief Herr Knieske, der ins Wohnzimmer rollte und etwas suchte.

Als Heinz aus der Küche kam, hielt Knieske ihm die Karte entgegen, die Heinz abzeichnen musste. Er schrieb das Datum darauf und fragte: „Na, wie geht's Ihnen heute?"

„Schlecht. Wieder Schmerzen am Stumpf. Der Arzt sagt, wenn ich so weiterrauche, muss das andere Bein auch irgendwann dran glauben."

„Hoffentlich nicht", sagte Heinz, entdeckte die leere Kiste vom letzten Besuch und klemmte sie sich unter den Arm. In einer Ecke lehnte die Beinprothese mit Schuh. Es sah irgendwie grotesk aus. Heinz bekam eine leichte Gänsehaut und verabschiedete sich.

„Hals und Beinbruch!", rief ihm Herr Knieske hinterher und sein Lachen ging in Husten über.

Als Heinz Kuhnau wieder unten auf dem Plattenweg stand, atmete er die frische Winterluft ein paar Mal tief ein. „Mann,

Mann, Mann", sagte er zu sich. „Was würde ich machen, wenn ich nur noch ein Bein hätte? Auto fahren wäre schwierig … außer bei einem Automatikgetriebe."

Er schwang sich auf den Sitz, warf einen Blick auf die nächste Adresse und rangierte aus der Parklücke.

„Wir sind jetzt bei tausendsechshundert Euro, meine Damen", sagte der Sprecher mit verhaltener Stimme, als würde er ein Geheimnis preisgeben.

„Bei uns zugeschaltet sind Frau Annegret Hilchenbach und Frau Ilse Döbner. Beide haben sich bei unserem Adventsrätsel wacker geschlagen. Frau Döbner, Sie hören jetzt gleich adventliche Musik und sagen mir, welcher Komponist sich das ausgedacht hat: A: Franz Schubert, B: Max Reger C: Johann Sebastian Bach oder D: Die Gruppe Abba."

Heinz Kuhnau fuhr los, hörte die ersten Klänge der Musik, steuerte auf die nächste Ampel zu und sagte: „Bach, Pastorale, aus dem Weihnachtsoratorium."

Die Musik wurde leiser. Frau Döbner, die eine tiefere Stimme als Annegret Hilchenbach hatte, räusperte sich: „Also, Abba ist es nicht. Franz Schubert oder Bach tippe ich."

„Franz Schubert!", rief Heinz Kuhnau in die Richtung des Radios. „Sag Schubert und lass Annegret gewinnen."

„Franz Schubert."

„Ja!", rief Heinz Kuhnau und reckte die rechte Hand in die Luft. „Ein Punkt für Annegret!" Aus irgendeinem Grund war ihm Annegret sympathischer.

„Das iiiist … nicht richtig."

Heinz Kuhnau hielt, holte eine weitere Kiste heraus und klingelte. Als es summte, stieg er zwei Stockwerke nach oben. Die Tür öffnete sich schon, bevor er richtig oben war und Frau Eilenburg legte den Finger an die Lippen und flüsterte: „Meine Nachbarin, Frau Hilchenbach ist gerade bei mir. Wir rätseln im Radio!"

„Was? Frau Hilchenbach? Annegret Hilchenbach?"

„Psst. Sie ist gleich dran. Stellen sie die Kiste leise in den Flur."

Kuhnau stellte die Kiste ab.

„Ich könnte Ihnen helfen!“, überlegte er. „Ich habe die Sendung eben im Auto gehört und wusste alle Lösungen.“

„Oh, Herr Kuhnau, das ist ja... Kommen Sie, kommen Sie.“

Er flüsterte: „Papier und Bleistift!“

Frau Eilenburg war so aufgeregt, dass sie auf die Schnelle kein Papier fand. Endlich entdeckte sie einen alten Einkaufszettel und schob ihn Kuhnau zu.

Sie betraten leise die Küche. Frau Hilchenbach blickte kurz und nervös auf, als sie die beiden sah und wandte sich wieder dem Telefonhörer und dem Radio zu.

Heinz war begeistert. Eben hatte er die Sendung gehört und jetzt war er mittendrin. Frau Hilchenbach sah gar nicht so hausbacken aus, wie er gedacht hatte. Eigentlich ziemlich flott. Er schätzte sie auf Ende fünfzig.

„Und jetzt zu Ihnen, Frau Hilchenbach“, sagte die Radiostimme. „Sie liegen einen Punkt weiter vorn. Es wird jetzt etwas schwieriger und ihre Chancen steigen. Zweitausend Euro, wenn Sie gewinnen! Also: Von wem stammen die folgenden Zeilen? A: von Manfred Hausmann, B: von Knut Kiesewetter, C: von Hilde Domin oder D: von Johann Wolfgang von Goethe?“

Der Sprecher räusperte sich und sprach mit pathetischem Unterton:

„Es brauchte nicht grade im Stall zu sein
und zwischen dem wiederkäuenden Vieh.
Doch hausten sie wenigstens allein,
der Mann, das Kind und sie.

Also – A: Hausmann, B: Kiesewetter, C: Domin, oder D: Goethe?“

Pause, dann wieder Trommelwirbel.

Heinz Kuhnau kritzelte etwas auf den Einkaufszettel und tippte Frau Hilchenbach auf die Schulter. Sie zuckte leicht zusammen und drehte sich um.

Heinz Kuhnau deutete stumm auf das Papier. Sie las es und lächelte, dann sagte sie ins Telefon. „A: Manfred Hausmann.“

„Und – sind Sie sich ganz sicher?“

Annegret Hilchenbach blickte Heinz in die Augen. Er nickte und reckte den rechten Daumen in die Höhe.

„Ja, ganz sicher.“

„Das iiiiiist …. richtig!“ Trompeten und Pauken dröhnten durch das Radio. Der Sprecher gratulierte und ließ Musik spielen. Frau Hilchenbach atmete hörbar erleichtert aus und lächelte. Heinz Kuhnau nahm die Dankesworte entgegen und blieb noch ein Weilchen, um mitzuerleben, wie Frau Döbner verlor.

Es gab Sekt. Frau Eilenburg hatte vorgesorgt und konnte sich nicht beruhigen, dass Heinz Kuhnau gerade zur richtigen Zeit gekommen war.

„Woher wissen Sie das alles?“, fragte sie und prostete ihm zu.

Kuhnau winkte ab. „Ich bin Pastor im Ruhestand. Da hat man das so drauf. Ich kenne auch das ganze Gedicht von Hausmann auswendig. Das war ja nur ein Abschnitt. Es hat mir in seiner nüchternen Art von allen Weihnachtsgedichten am besten gefallen.“

„Oh, dann sagen Sie es ganz auf“, bat Frau Hilchenbach und lächelte den Ruheständler mit ihrem ganzen Charme an, so dass Heinz Kuhnau ein wenig rot wurde und kurz daran dachte, dass schon lange keine Frau ihn so angeblickt hatte. „Also gut“, sagte er und räusperte sich: „Manfred Hausmann: Die Geburt:

Und niemand dachte sich etwas dabei.
Die Frau bekam ihr erstes Kind.
Sie stöhnte, schrie und zerbiss den Schrei.
Wie Frauen dann so sind.

Der Ort war mit Fremden überfüllt.
Zur Rechten hämmerte wer an ein Tor,
zur Linken wurde wer angebrüllt.
Auch das kommt manchmal vor.

Es brauchte nicht grade im Stall zu sein
Und zwischen dem wiederkäuenden Vieh.
Doch hausten sie wenigstens allein,
der Mann, das Kind und sie.

Ein Ächzen ging durch die Finsternis.
Das Kind lag hilflos auf seinem Stroh.
Der Tod war seines Sieges gewiss.
Aber das blieb nicht so."

* * *

3 WIE SCHNEEFLOCKEN

Du warst gerade achtzehn und hattest keine Ahnung, Lisa. Du hast dich einfach mitreißen lassen von den Demos. Weil es tierischen Spaß macht, hast du gesagt.

Weißt du noch, einmal hast du auch mal einen Pflasterstein geworfen, in der Berliner Straße. Aber er flog nicht weit, nur drei, vier Meter und landete in einem Vorgarten, genau zwischen den Sonnenblumen. Zwei davon knickten gleich um. Ich weiß noch, wie erschrocken du warst, Lisa.

Du hast seitdem nie mehr Sonnenblumen gekauft.

Auch später, bei der Brokdorfgeschichte, warst du dabei. Diesmal besser informiert. Wir saßen im Zug, und die Leute kamen von überall her, sogar aus Hannover. Es war, als ob wir zusammen einen Familienausflug machten.

Man redete die anderen mit Du an, auch die älteren Leute. Die Stimmung war großartig.

Der gemeinsame Marsch mit den Transparenten hatte so etwas Leichtes und Ernstes gleichzeitig. Unsere Welt hatte Konturen, Lisa. Wir wussten genau, wer unsere Freunde und wer unsere Feinde waren ...

Weißt du, ich hab mich damals nie richtig getraut, dir zu sagen, dass ich dich mochte. Ich dachte, dass du es von selbst merkst, weil wir doch gemeinsam gearbeitet haben. Aber als du dann plötzlich mit Norbert aufgetaucht bist, eng umschlungen, gab mir das einen Stich.

Ich hatte immer gemeint, es bestehe eine unausgesprochene Abmachung zwischen uns. Aber wahrscheinlich hätte ich mit dir reden sollen. Ich war ganz schön wütend auf Norbert. Schon allein bei seinem Namen wurde mir schlecht, richtig körperlich schlecht. Und er hatte diese widerliche Angewohnheit, beim Reden völlig unmotiviert die Zähne zu blecken. Mir war schleierhaft, wie du so jemanden lieben konntest.

Dann kam der Abend, als wir zum fünften Mal *Easy Rider* im Kino gesehen haben. Norbert war schon gegangen, und du hast mich gefragt: Mensch, Georg, was ist eigentlich mit dir los? Da hab ich mich erst gewunden und so herumgeredet, aber du hast nicht nachgelassen, sondern so lange gefragt, bis ich es schließlich gesagt habe.

Und dann konnte ich mit dem Reden kaum aufhören. Alles kam hoch: mein Hassgefühl auf Norbert, meine heimliche Liebe zu dir, von der ich angenommen hatte, dass du sie gespürt hast, das Gefühl, betrogen worden zu sein und den Zeitpunkt verpasst zu haben ...

Du hast mich dann wortlos in eine Kneipe geschleppt, hast zweimal Bier bestellt, Hefeweizen, und wolltest alles ganz genau wissen.

Für mich war das so ungewohnt, weißt du. Ich konnte stundenlang über soziale Ungerechtigkeiten reden oder über Kernenergie, aber einer Frau zu sagen: Ich mag dich, das war... na ja, eben was völlig anderes.

Ich seh‘ noch, wie deine Augen immer größer wurden.

Aber warum hast du denn nie etwas gesagt?, fragtest du mich.

Ich dachte, dass du ... dass es klar war, dass wir uns mögen, habe ich leise herausgebracht.

Da hast du dein Bierglas laut auf den Tisch geknallt, und ein paar Spritzer sind auf die Tischdecke geklatscht.

Wenn ich das früher gewusst hätte! Du hast es fast geschrien und etwas leiser hinzugefügt: Mensch, Georg, wenn man jemanden liebt, muss man das doch irgendwann mal sagen.

Das kam mir so kleinkariert, so... so bürgerlich vor, meinte ich kleinlaut.

Ist es aber nicht, hast du gesagt.

Dann hast du gelächelt und mich gefragt: *Weißt du, was mich interessieren würde?*

Was denn?

Was dir an mir so gefällt.

Und ich hab dann alles Mögliche aufgezählt: dein Gesicht, das für mich schön und gleichzeitig ein wenig schelmisch wirkt, deine dunkelbraunen, fast schwarzen Augen, deine Art, so unbeschwert an Sachen ranzugehen und dass man mit dir total gut zusammenarbeiten kann. Na ja, Dinge in der Art eben.

Du hast dich einfach zu mir rübergebeugt und hast mich geküsst. Nicht nur so ein bisschen, sondern richtig lange. Ich glaube, für die Leute am Nebentisch war es schon peinlich. Zuerst war ich überrascht von diesem Spontankuss, aber dann habe ich es genossen, deine warmen Lippen zu spüren und den Duft deines billigen Parfüms. Zwischendurch fiel mir Norbert ein, aber ich habe sein Bild schnell wieder zur Seite geschoben und mich auf den Kuss konzentriert.

Als wir uns halb betäubt voneinander lösten und uns anblickten, habe ich dann doch gefragt: *Und Norbert?*

Du hast gelacht und mit deiner Hand den unsichtbaren Norbert über die Schulter geworfen. Einfach so.

Vergiss Norbert, hast du gemeint. *Das war doch nur eine Verzweiflungstat.*

Weißt du noch?

Jedenfalls, ich war sprachlos.

Als unser erstes Kind in die Schule ging, einundachtzig war das, haben wir sogar geheiratet. Damals, bei unseren Demos hätte ich glatt einen Lachanfall bekommen, wenn jemand zu mir gesagt hätte, dass ich einmal heiraten und ein eigenes Kind haben würde.

Familienvater, das klang so wahnsinnig etabliert. Aber für Jenni war es leichter, wenn ihre Eltern einen gemeinsamen Namen hatten.

Vielleicht wolltest du auch heiraten, weil du deinen Nachnamen nie mochtest, Lisa.

Klar, Winter, klingt schon besser als Nideregger mit einem D und zwei Gs. Und man muss Winter nicht dauernd buchstabieren. Von daher kam der obligatorische Doppelname für dich nie in Betracht.

Eigentlich wollten wir Jenni antiautoritär erziehen, aber irgendwie kamen wir damit nicht zurecht. Jemand sagte uns damals: Auch Eltern haben ein Recht zu leben.

Weißt du, Lisa, du hast Kindererziehung nie dogmatisch gesehen, sondern ich glaube, du hast es intuitiv richtig gemacht. Eines Tages hattest du die Schnauze voll und hast beim Frühstück auf den Tisch gehauen, dass die Tassen klapperten, weil Jenni sich schon wieder mit dieser widerlichen Mäkelstimme über das Essen beschwerte. Du hast sie richtig angebrüllt. Von da an ging es besser.

Eigentlich wolltest du auch kirchlich heiraten, aber das hätte ich damals nicht gebracht. Du warst so völlig frei von Vorurteilen und hast gesagt, es sei einfach feierlicher, und so etwas wie Gott muss es einfach geben ... Nein, nicht ganz ... du hast gesagt: *Wenn es Gott nicht gäbe, müsste man ihn erfinden*.

Aber du hast mich dann nicht weiter bearbeitet. Das ist auch etwas, das ich an dir schätzte, Lisa. Hörst du mich, Lisa? Dass du damit leben kannst, wenn einer ganz anders denkt als du. Mir fällt das wesentlich schwerer. Wenn es Engel gibt, müsstest du einer sein.

Vierundachtzig kam unser zweites Kind: Armin. Und du hast dich dann freistellen lassen als Lehrerin. Bei Jenni haben wir uns noch die Arbeit zur Hälfte geteilt. Ich konnte das damals einrichten, weil ich beim Jugendamt gearbeitet habe.

Wir sind tatsächlich eine richtige Familie geworden. Du hast Wert darauf gelegt, Lisa, dass Jenni und Armin Musikunterricht bekamen und ich habe dich bewundert, wie du dir jeden Tag Zeit genommen hast, um mit ihnen zu üben.

Inzwischen kann Armin ganz gut auf der Gitarre spielen, wenn er mal Zeit hat, und Jenni kann sich auf ihrer Querflöte hören lassen.

Ich werde Jenni und ihren Freund morgen mitbringen, Lisa, damit sie dir etwas vorspielt. Vielleicht hilft das ja. Musik soll ja helfen.

Und dann kam der April sechsundachtzig, der Reaktorunfall in Tschernobyl. Das hat uns ziemlich aufgeschreckt und unser politisches Gewissen wachgerüttelt, das etwas eingeschlafen war. Ich weiß noch, wie hilflos ich mich fühlte, als wir davon hörten und am nächsten Tag die Kinder draußen spielten und vom Regen überrascht wurden. Es war eine apokalyptische Stimmung. Täglich verglichen wir die Becquerelwerte auf den Milchtüten. Wir aßen keine Haselnüsse mehr und keine Pilze. Die ersten Menüwitze tauchten auf: *Heute strahlender Rehrücken.*

Du bist dann später mit halber Stundenzahl wieder in den Schuldienst eingestiegen, Lisa. Ich weiß noch, wie aufgeregt du am Anfang warst, aber dann kamst du ganz gut rein. Mir war das sowieso klar. Ich glaube, Kinder spüren das, wenn eine Lehrerin sie mag.

Ach ja, fast hätte ich den November vergessen, neunundachtzig, als die ersten Leute aus Nordhausen rüberkamen. Du warst richtig euphorisch und hast darauf bestanden, eine Familie zum Essen einzuladen. Ich bin dann mit den Kindern losgezogen, in die Fußgängerzone, und hab eine Familie gefunden. Ich kam mir vor, wie ... ja wie ein Menschenjäger. Das Gespräch war ganz schön zäh, erinnerst du dich? Und die Leute fühlten sich dann verpflichtet, uns später ein Paket zu schicken.

Was soll ich noch von uns erzählen, Lisa? Wie wir allmählich in der Stadt Fuß gefasst haben und wie wir versuchten, uns im Arbeitskreis Asyl zu engagieren und dass du mit Begeisterung in der Kantorei mitgesungen hast, mich manchmal zu

Gottesdiensten geschleppt hast und ich im Tischtennisverein meine überflüssigen Pfunde wegschwitzen wollte? Es war schon ein eigenartiges Gefühl, dich vorne in der Kirche zu sehen, wie du gesungen und gelächelt hast, als ob du deinem Gott persönlich ein Ständchen bringst. Auch da fällt mir nur das Wort Engel ein.

Nun sind wir mittlerweile mit unseren über sechzig Jahren ein älteres Ehepaar, oder nicht? Ich habe einen grauen Bart, und die Haare sind dünn geworden. Du hast ein paar Lachfalten mehr und klagst über deine Krampfadern.

Jenni kommt manchmal am Wochenende vorbei und sieht dir immer ähnlicher, findest du nicht? Sag doch was, Lisa!

Aber du brauchst nichts zu sagen, wenn du nicht willst. Ich werde weiter an deinem Bett sitzen und von uns erzählen. Der Stationsarzt hat gemeint, dass manche Worte und Sätze dich doch erreichen könnten. Jeden Tag werde ich kommen und werde dir etwas von uns erzählen. So ein Koma kann doch nicht ewig dauern. Vorhin, als ich von meiner Liebeserklärung in der Kneipe erzählt habe, da sah es so aus, als ob dein rechtes Augenlid gezuckt hat. Aber vielleicht war es auch nur Einbildung.

Ob du jetzt etwas erlebst, und du kannst es nur nicht mitteilen? Ist dein Geist irgendwo in anderen Orten gelandet, während dein Körper hier liegt? He! Ich will nicht, dass du bei den Engelchören bleibst, hörst du?

Deine linke Hand ist halb geschlossen, als ob du etwas Unsichtbares festhalten willst. Ich stell mir vor, dass sich die Zeit für dich anfühlt wie Schneeflocken, die durch deine Hände tropfen. Und du möchtest diese Schneeflockenzeit festhalten, möchtest deine Hand schließen, und es geht nicht. Aber es ist doch gut, wenn die Zeit vergeht, Lisa! Glaub mir! Lass sie einfach weiterlaufen. Dann können wir gemeinsam noch einiges erleben. Versuch nicht, sie festzuhalten!

Ich weiß, wenn du an meinem Bett sitzen würdest, dann würdest du für mich beten. Gerade jetzt, so kurz vor Weihnachten. Aber ich kann das nicht. Wahrscheinlich würdest du mich auslachen und sagen: *Aber beten kann doch jeder.*

Wie sollen wir überhaupt Weihnachten feiern ohne dich? Einer von uns wird die Weihnachtsgeschichte lesen, das verspreche ich dir, aber ein Gebet zu sprechen? Das können wir nicht. Deine Gebete waren so besonders, so frisch wie … ja eben wie frisch gefallener Schnee. Aber da fällt mir doch eins ein – ein Gebet: Gott, wenn du Lisa wieder aufweckst, dann möchte ich … Nein, nein, so ein Gebet würdest du ablehnen, keine Versprechungen unter Druck.

Weißt du, Lisa, ich ... ich möchte mit dir noch so viel unternehmen!

Warum wachst du nicht auf, Lisa? Ich brauch dich, hörst du mich?

* * *

4 MEINE SCHWESTER MARIA

Ich bin Zippora, Marias ältere Schwester. Zippora heißt Täubchen und war auch der Name von Moses Frau. Aber wie ein Täubchen hat sie sich nie verhalten. Sie muss ziemlich resolut gewesen sein. Immerhin soll sie Moses gezwungen haben, ihren Sohn zu beschneiden.

Und insofern fühle ich eine gewisse Zuneigung zu Zippora. Ich bin nämlich auch eher der zupackende Typ, ganz im Gegensatz zu Maria, meiner kleinen Schwester, die bis heute sehr zurückhaltend ist, fast schüchtern.

Eigentlich fiel sie kaum auf. Wir nahmen sie nie besonders ernst. Sie war weder frech, noch drückte sie sich vor der Arbeit. Angenehm unauffällig.

Letzten Endes hatte ich keine Ahnung, was in ihr vorging. Wenn wir zum Dorfbrunnen unterwegs waren und über alles Mögliche getratscht haben, war sie eher einsilbig gewesen. Nicht, dass sie meinte, sie sei über den Dorftratsch erhaben oder sie sei etwas Besseres, es fiel ihr einfach nicht genügend ein, was sie hätte sagen können.

Wir älteren Schwestern waren bald verheiratet und hatten unsere eigenen Familien und Maria war danach an der Reihe, sich zu verloben. Viele Verehrer hatte sie ja nicht und unsere Eltern waren froh, als ihnen Josef einfiel, ein junger Mann, weitläufig verwandt, den der Heiratsvermittler fragen konnte.

Er kam eines Tages, als ich gerade mit meiner Tochter zu Hause war, um sich unseren Eltern und Maria vorzustellen. Ein netter Mann, Bauhandwerker, freundlich. Ich sage nicht, dass er mich besonders beeindruckt hat, aber zu Maria passte er irgendwie. Sie war mit der Wahl einverstanden und wir feierten gleich die Verlobung, damit Josef am nächsten Tag wieder nach Nazareth zurückkehren konnte.

Bei uns ist die Verlobung schon eine Art Heirat nur mit dem Unterschied, dass man noch nicht zusammenwohnt.

Somit war also alles geregelt. Im nächsten Jahr sollte die Hochzeit sein.

Es war ungefähr vier Monate später, als Jakob, einer meiner Brüder, der in der Nähe wohnte, zu mir sagte: „Hast du es schon gehört?"

„Was denn?"

„Dass deine kleine Schwester schwanger ist?"

Mir fiel fast der Bratenspieß aus der Hand. „Maria ist schwanger?"

„Ja."

„Habe ich die Hochzeit verpasst?"

„Nein."

„Und du bist ganz sicher?"

Jakob blickte mich ernst an.

„Es ist das Dorfgespräch schlechthin", sagte er.

Ich war geplättet. Die kleine, unscheinbare Maria. Schwanger! Jetzt war sie selber zum Tratsch am Dorfbrunnen geworden.

„Hm", sagte ich, „hätte ich weder von ihr noch von Josef gedacht."

Jakob seufzte: „Josef ist nicht der Vater."

Mir blieb fast das Herz stehen.

„Was? Aber ... ich versteh nicht."

„Was soll man da nicht verstehen? Du weißt doch, wie oft römische Soldaten durch unsere Dörfer kommen..."

Als Jakob gegangen war, konnte ich mich kaum beruhigen. Maria vor der Hochzeit schwanger und nicht von ihrem Verlobten! Eine Schande für die ganze Familie. Josef hätte sogar das Recht, sie steinigen zu lassen, denn Maria war nach unserem Gesetz eine

Ehebrecherin. Aber das konnte nicht sein. Bestimmt hatte ihr ein Römer Gewalt angetan. Anders war es nicht zu erklären. Ich musste in unser Heimatdorf zurück und mit Maria reden und besprach alles mit meinem Mann. Von meiner Spontanreise wollte er nichts wissen. „Du reist mir nicht allein dorthin!", sagte er.

„Werd ich auch nicht. Übermorgen machen sich die Viehhändler mit ihren Frauen auf den Weg in die gleiche Richtung. Ich werd mich der Gruppe anschließen."

Und so kam ich wieder in unser Dorf. Meine Tochter ließ ich bei einer Freundin. Ich muss schon sagen, dass ich ziemlich gespannt war auf unser Gespräch.

Meine Mutter fiel mir weinend um den Hals, als ich kam. Ich konnte sie kaum beruhigen und dann traf ich Maria.

Und ich war … ja, wie soll ich es sagen? Ich war fast erschrocken, wie ruhig sie meinem Blick standhielt. Ungewöhnlich für Frauen. Wir lernen schon als Mädchen, dass man den Blick senken soll.

Nein, sie sah mir in die Augen und strahlte eine unerschütterliche Ruhe aus.

Das brachte mich ein wenig aus dem Konzept. Ich hatte eine verheulte, eingeschüchterte Maria erwartet und jetzt das.

„Maria", fragte ich, „was ist passiert?"

Ich konnte mir nicht vorstellen, dass sie einen Mann verführt hatte. Nein, nein, ausgeschlossen.

„Lass uns nach draußen gehen, Zippora", sagte sie und nahm mich an die Hand, als sei ich die jüngere Schwester.

„Wo geht ihr hin?", rief meine Mutter uns hinterher.

„Wir müssen reden, Mutter!", sagte ich und sie verstummte.

Wir gingen über die abgeernteten Felder.

„Also, Maria", fing ich an, „wer ist dieser Verbrecher, der unsere Familie Schande gemacht hat? Nenne mir seinen Namen und mein Mann wird ihn zur Rechenschaft ziehen."

„Auch, wenn er ein Römer wäre?", fragte sie. Dann schwieg sie.

„Maria“, sagte ich, „du musst uns den Namen nennen. Du brauchst ihn nicht zu schützen.“

„Er ist kein Verbrecher“, sagte sie, „er hat mich nicht überfallen, sondern vorher um Erlaubnis gefragt.“

Mein Mund wurde trocken. „Er hat dich um …? Du ... du hast eingewilligt, obwohl du mit Josef verlobt bist? Maria, ich erkenne dich nicht wieder.“

„Es ist nicht so, wie du denkst“, sagte sie leise. Dann blieb sie stehen. „Zippora“, begann sie erneut, „hast du dir nie gewünscht, dass du den Messias zur Welt bringst?“

Ich runzelte die Stirn. Was sollte das denn jetzt?

„Klar, das wünscht sich doch jedes jüdische Mädchen“, antwortete ich.

„Siehst du? Und ich wurde gefragt, ob ich Gottes Sohn zur Welt bringen will. Und ich habe überlegt und dann ja gesagt.“

„Schön und gut. Und dann? Was hat der Mann dann mit dir gemacht?“

„Nichts.“

„Nichts? Aber …“ *Kann es sein,* dachte ich, *dass Maria die Sache von Mann und Frau nicht mitbekommen hat? Aber nein. Sie lebt auf dem Land und weiß, wie die Ziegen zu ihren dicken Bäuchen kommen.“*

Ich blieb stehen und nahm Marias Hand. „Jetzt mal ganz ehrlich Maria. Ich bin deine Schwester. Mir kannst du es sagen. Ich kann verstehen, dass du bei Mutter Hemmungen hast, aber bei mir?“

„Was willst du wissen, Zippora? Einzelheiten einer Zeugung?“

Wir gingen weiter.

„Ja aber, der Mann muss doch irgendetwas gemacht haben mit dir! Kinder entstehen nun mal nicht aus Luft und Liebe.“

„Der Mann, der mich gefragt hat, war ein Engel.“

„Okay, ein Engel …“

Maria seufzte. „Er sagte, die Macht des Allerhöchsten wird mich überschatten und ich werde einen Sohn zur Welt bringen, den ich Jeschuah nennen soll, das bedeutet: Gott rettet. Das war alles. Ich schwöre es dir. Ich habe es auch der Familie erzählt. Aber niemand glaubt mir."

„Halt mal, ganz langsam", sagte ich, „du behauptest allen Ernstes, der Höchste hätte dich ... ähm ... hätte in dich hinein ein Kind gelegt?"

„Ich weiß nicht, wie er es gemacht hat, aber danach war ich schwanger. Zwischen dem Engel und mir ist sonst nichts passiert."

„Maria", sagte ich, „du weißt, ich bin nicht gebildet, aber ich weiß von Jakob und anderen Männern, dass die Heiden an Jungfrauengeburten glauben und dass sie behaupten, dass ihre Kaiser und Helden von Göttern gezeugt seien, aber das ist heidnisch. Unser Messias muss nicht von einer Jungfrau stammen, das wäre ganz und gar unjüdisch."

„Davon weiß ich nichts, Zippora. Ich kann dir nur sagen, was ich erlebt habe."

Schweigend gingen wir weiter. Das musste ich erstmal verdauen. Schließlich fragte ich sie: „Und was sagt Josef dazu?"

„Ich weiß es nicht. Man wird es ihm wohl inzwischen mitgeteilt haben. Er wird sich überlegen, was er tun soll. Mich steinigen oder eine Scheidung im Stillen..."

Dazu fiel mir nichts mehr ein. Ich blieb stehen und nahm Maria in den Arm. Sie ließ es geschehen.

Und während wir so dastanden: zwei Schwestern, die miteinander aufgewachsen waren, spürte ich, dass Maria jetzt mehr für mich war, als eine Schwester. Sie war plötzlich eine Fremde geworden, eine erwachsene Frau mit einem Geheimnis. Und ich schauderte bei dem Gedanken, dass sie Recht mit allem haben könnte.

* * *

5 DAS GLASHAUS

Ein Weihnachtsgleichnis

I

Draußen herrschte Winter. Er hatte die Gärten einfrieren lassen und die Pfützen in steinharte Flächen verwandelt, hatte die Luft klar und frisch gemacht und einen frostigen Himmel über die Stadt gebreitet. Aber im Wohnzimmer von Leo Guldner war es angenehm warm. Die Fußbodenheizung arbeitete.

Leo stand mitten im Zimmer, hatte den Telefonhörer in der Hand und blickte geistesabwesend in den winterlichen Garten. Eine Katze schlich über die eisverkrustete Wiese und verschwand in der Hecke.

„Das war das seltsamste Telefongespräch, das ich jemals geführt habe", sagte er zu sich und versuchte sich an die Anweisung, die man ihm gegeben hatte, zu erinnern.

„Gehen Sie noch heute in die Fußgängerzone und treffen Sie das Glashaus. Es wird Zeit!"

„Und wer spricht da, bitte?", hatte er gefragt.

„Der Weihnachtsmann", hatte die männliche Stimme fast feierlich gesagt und aufgelegt.

Er hätte es als Scherz abgetan, wenn die Stimme nicht so einen dringenden Ton gehabt hätte.

„Treffen Sie das Glashaus", wiederholte er und sagte gleich dazu, „in der Fußgängerzone gibt es kein Glashaus. Und was ist mit dem Treffen eigentlich gemeint? Soll ich es etwa mit Steinen bewerfen?"

Schließlich sagte sich Leo: *Warum soll ich nicht hingehen? Ich muss sowieso noch in die Stadt und Geschenke für meine Frau und die Kinder besorgen.* Also zog er Mantel und Schal an und machte sich auf den Weg, um das ominöse Glashaus zu treffen.

Es war Spätnachmittag, und das Licht brachte das gefrorene Grün der Rasenflächen, die der Schnee freiließ und das Rot der Hausdächer zum Leuchten; die Luft, die Leo einatmete, fühlte sich wohltuend kühl an.

Jetzt nur noch über die Bahnschranke, und er war in der Altstadt.

Wo ist nur dieses merkwürdige Glashaus, von dem die Telefonstimme gesprochen hatte?, überlegte er und überquerte langsam die Straße. Ein Radfahrer fuhr scharf an ihm vorbei. Wäre, Leo nicht zur Seite gesprungen, hätte es einen Unfall gegeben.

Wenn das Glashaus eine Gärtnerei ist, dann befindet es sich definitiv nicht in der Fußgängerzone. Am besten, ich frag mal jemanden, wie ich zum Glashaus komme.

Aber das führte zu nichts. Im Gegenteil. Jeder, den er fragte, schaute ihn misstrauisch oder peinlich berührt an und ging kopfschüttelnd weiter, und Leo kam es vor, als hätte er die Leute durch seine harmlose Frage beleidigt oder etwas völlig Unsinniges gesagt, etwa: „Würden Sie sich bitte jetzt nackt ausziehen?" oder: „Könnten Sie mir eben mal ihr Auto leihen?"

Ziellos durchstreifte er die Straßen, war froh über seinen Mantel und geriet allmählich an den Rand der Altstadt. Seine kalten Hände, die er in die Manteltaschen gesteckt hatte, wurden allmählich wieder warm.

Nachdem Leo die Fußgängerzone verlassen hatte, setze der übliche Straßenlärm ein: Automotoren dröhnten, man hörte eine Bremse quietschen. In der Nähe bellte ein Hund.

Als Leo rasche Schritte hinter sich hörte, drehte er sich um und sah eine Frau direkt auf sich zukommen. Sie war, in einen hellen Wintermantel gehüllt. Lächelnd kam sie näher, nickte ihm zu und fragte: „Suchen Sie etwas?" Und als Leo sie erstaunt anschaute, fügte sie schnell hinzu: „Ich hab Sie schon eine Zeitlang beobachtet."

Leo nickte. „Ja. Ich suche tatsächlich etwas. Es hört sich vielleicht seltsam an, aber ich suche ein Glashaus … vielmehr soll ich es treffen."

Die Frau lachte: „Man kann es nicht wirklich suchen, wissen Sie, weil es einen selbst sucht. Es ist schon richtig, dass sie aufgefordert wurden, es zu treffen. Aber man muss sich natürlich auf den Weg machen. Das Glashaus ist ein Geschenk."

„Ein Geschenk?"

„Naja, es ist ja bald Weihnachten."

„Dann ist es eine Miniversion und man kann es einpacken?"

„Nein, nein. Es wäre besser gewesen, Sie wären in der Fußgängerzone stehengeblieben, dann wäre das Glashaus früher oder später vorbeigekommen. Jetzt musste es wahrscheinlich die ganze Zeit hinter Ihnen her sein, nur weil Sie so ungeduldig waren. Geschenke müssen angenommen werden."

Leo schaute an der Frau herunter und sah, dass an ihrer Hand der kleine Finger fehlte.

Sie drehte ihren Kopf in eine bestimmte Richtung und sagte: „Hören Sie? Ich glaube, das ist es."

II

Leo hörte ein leises Summen und drehte sich um. Aber er sah nichts. Das Summen wurde stärker, als ob eine Armee von Bienen unterwegs wäre. Mitten im Winter.

Plötzlich hörte Leo die Frau laut lachen.

„Nach oben!", rief sie. „Sie müssen nach oben schauen."

Leo zuckte ein wenig zusammen, als er ein riesiges Glashaus über sich schweben sah und dachte: *Das ist ja ein Glaspalast*. Denn es hatte mehrere Erker, auf denen spitze Glasdächer saßen, halbrunde Erweiterungen, kleine Türme. Drinnen sah er verschwommen bunte Gegenstände und viel Grün, und ihm kam der Gedanke, dass er es vielleicht mit einem Gewächshaus oder mit einer schwebenden Orangerie zu tun hatte. Das Ganze sah prächtig aus: Das Glas und die messingfarbenen Rahmen und Verstrebungen, die alles zusammenhielten, blitzten in der kühlen Wintersonne. Leo sah von unten Schuhsohlen, die sich hin- und her bewegten, denn der Boden des Hauses war auch aus Glas.

Für Leo war es ein merkwürdiges Gefühl, so etwas Schweres wie ein Gewächshaus direkt über sich in der Luft hängen zu sehen; er hatte den Eindruck, dass es jeden Augenblick herunterfallen könnte, denn es hatte weder Flügel noch irgendwelche Propeller.

Rasch lief Leo ein paar Schritte nach rechts, um aus der Gefahrenzone zu kommen, aber das seltsame Glashaus folgte ihm.

„Bleiben Sie doch stehen, um Himmels willen!“, rief die Frau. „Es tut Ihnen doch nichts.“

Leo blieb also stehen und starrte misstrauisch nach oben. Da öffnete sich der Boden, eine Leiter fiel herunter und landete direkt neben Leo auf dem Pflaster.

Gut, dachte Leo, *das ist ein deutliches Zeichen. Immerhin ist es besser, ich klettere nach oben, als dass dieses Glashaus auf mich herunterfällt.*

Er griff nach einer Sprosse und kletterte hinauf, was gar nicht so einfach war, weil die Leiter hin und her schwankte. Allmählich wurden seine Hände auch wieder kalt und er hoffte, dass es im Glashaus wenigstens warm war.

Merkwürdigerweise blieb kein Passant stehen und schaute dem seltsamen Gefährt zu, alle gingen weiter, als ob nichts passiert wäre.

Als Leo nach unten schaute, sah er die Frau, die ihm zuwinkte: „Ich heiße übrigens Linda“, rief sie.

„Ich bin Leo!“, brüllte er hinunter.

„Das ist doch klar!“, lachte sie.

„Komm weiter herauf!“, hörte Leo eine Stimme, und als er hinaufschaute, blickte er in das Gesicht eines Mannes, der rosige Apfelbäckchen hatte, die neben seinem weißen Bart aufleuchteten. Auf dem Kopf trug er eine rote Mütze.

Sieht aus wie der Weihnachtsmann, schoss es Leo durch den Kopf, und er ergriff die Hand, die der Mann ihm reichte.

Als Leo schließlich auf dem Glasboden stand und die Luke wieder fest verschlossen war, schaute er sich um und staunte nicht schlecht. Seinen Mantel brauchte er nicht mehr. Es herrschte eine angenehme Wärme.

Das Haus war voller Terrakottatöpfe, bunt verziert und unterschiedlich groß. Aber es gab auch größere Behälter, die Rondellen glichen, Leo sah weiter hinten einen kleinen Teich mit Seerosen. In manchen Ecken standen kleine, zierliche Bänke mit Tischchen unter exotischen Bäumen, und von irgendwoher hörte er eine Amsel singen, sonst war es ausgesprochen still.

Als sich Leo genauer umschaute, sah er, dass in den großen Terrakottatöpfen die seltsamsten Dinge wuchsen, nicht nur Blumen oder Gemüse, sondern Bücher, die halb aus der Erde ragten und deren Einbände noch grün waren. Die Seiten schienen verklebt zu sein. Andere Bücher hatten sich aus der Erde gearbeitet und lagen bunt und fertig zwischen ein paar Blumen oder waren heruntergefallen.

Da waren Hände, die aus der Erde wuchsen, sogar Menschenköpfe steckten darin. Manche sahen noch grün aus und hatten die Augen geschlossen.

Es ragten Schlüssel aus den Töpfen, Lampen schienen sich aus der Erde zu bohren, ein paar Bleistifte und drei Kugelschreiber standen wie ein Bambusbüschel zusammen.

In einem Topf steckte sogar ein grünes Telefon.

Leo blieb der Mund offenstehen. Wenn die Umgebung nicht so freundlich gewesen wäre, wenn er dieselben Gegenstände in einem halbzerfallenen Haus mit Fackelbeleuchtung gesehen hätte, dann wäre es ihm vermutlich unheimlich geworden, diese grünen Hände, Köpfe und Bücher anzuschauen. Aber hier, in dem wunderbaren Glashaus, das sonnendurchflutet in der Luft schwebte und an dessen durchsichtigen Wänden Wolken vorbeizogen, hier schien das alles zusammenzupassen und überhaupt nicht verstörend zu wirken.

„Seltsam", murmelte er.

„Schau dich nur um, Leo, das machen alle am Anfang", sagte der Mann mit der roten Mütze, den Leo vergessen hatte, weil er die ganze Zeit stumm geblieben war.

„Ich begreife nur nicht", sagte Leo, „weshalb die Leute nicht stehen geblieben sind, als das Glashaus durch die Stadt schwebte."

„Nun", sagte der Weißbärtige, „das hat einen ganz einfachen Grund: Außer dir und Linda hat das Haus niemand gesehen. Sie denken, dass man sie auf den Arm nehmen will, wenn man vom Glashaus erzählt."

III

„Komm, wir setzen uns auf die Bank da hinten", sagte der Weihnachtsmann. „Willst du etwas trinken?"

Leo nickte und ließ sich auf die Bank fallen, die unter einer Palme stand. Er blickte nach oben und sah, dass statt der Kokosnüsse oder Datteln, die er erwartet hatte, kleine, grüne Kugeln an ihr wuchsen, die ihn an ...

„Dein Kaffee", sagte der Alte und stellte zwei Tassen auf den schmalen, runden Holztisch.

„Sie sehen aus wie noch nicht ausgereifte Augäpfel", murmelte Leo, „ganze Trauben davon."

„Ja, du hast recht, es ist eine Augenpalme", sagte der Weißhaarige und rührte in seiner Tasse. Er schien es völlig normal zu finden.

„Fühlt man sich da mit der Zeit nicht beobachtet?", fragte Leo, trank einen Schluck und dachte: *Ah, das tut gut.*

Der Alte lachte gutmütig. „Quatsch! Augen sehen doch nicht von sich aus. Ohne Sehnerven und Gehirne sind sie harmlos."

„Aha", sagte Leo und streifte die Augenfrüchte noch einmal scheu.

Der Glaspalast war inzwischen weitergeflogen, aber so sanft und langsam, dass man es kaum bemerkte. Ab und zu wurden sie von einem Nebel eingehüllt und an den Glaswänden bildeten sich kleine Wassertropfen.

Wahrscheinlich Wolken, überlegte Leo.

„Na?", fragte der Weihnachtsmann. „Gefällt's dir hier?"

„Ja ... schon, es ist zumindest ungewöhnlich, ich meine ... diese vielen merkwürdigen Dinge, die hier wachsen. Ganz verstehe ich es nicht, wozu sie benötigt werden. Wer erntet sie?"

„Hier wird dauernd geerntet von denen, die etwas aus unserem Ersatzteillager brauchen."

„Was für Leute sind das denn?"

Der Alte trank einen Schluck Kaffee und lehnte sich zurück. „Es gibt doch immer welche, die reißen sich für andere ein Bein aus oder halten ihren Kopf hin, laufen sich die Füße wund oder geben ihren kleinen Finger her ..."

„Oder fühlen sich in ihrer alten Haut nicht mehr wohl, was?", lachte Leo. Aber der Gärtner blieb ganz ernst. Für ihn schien das die normalste Sache der Welt zu sein, dass man sich hier menschliche Ersatzteile holen konnte.

„Du hast ganz Recht. Es gibt manche, die fühlen sich in ihrer Haut einfach nicht mehr wohl. Das ist allerdings dann eine größere Geschichte. Heute Nachmittag, zum Beispiel, habe ich gleich zwei Kunden, die dringend Lungen brauchen, weil sie sich für andere Leute die Lungen aus dem Hals geschrien haben, als sie um Hilfe riefen. Und vorher muss ich noch einen Kopf an den Mann bringen. Morgen früh kommt eine Frau vorbei, die ein neues Rückgrat braucht, weil sie sich zu sehr verbiegen musste. Das sind wenigstens Geschenke, die man wirklich braucht. Die Leute, die ich beschenke, freuen sich wie die Schneekönige." Der Weihnachtsmann zögerte, dann meinte er: „Ich verwalte natürlich nur die Geschenke, die mir der Himmel liefert."

Plötzlich wurde Leos Aufmerksamkeit durch eine Veränderung des Lichts abgelenkt. Es kam ihm vor, als ob sich die Sonne plötzlich gedreht habe und nun von unten ihre Strahlen durch den gläsernen Boden schickte, aber als das Licht zu vibrieren und zu zittern begann, merkte Leo, dass es nur eine Wasserspiegelung war. Sie schwebten über einem breiten Fluss, und Leo erinnerte sich an Bootsfahrten, bei denen sie unter Brücken hindurchgefahren waren und den Lichtwellen zugeschaut hatten, die auf der Unterseite der Brücken hin und her getanzt hatten. Er erinnerte sich an den Geruch von feuchtem Holz und Flusswasser.

Gebannt schaute Leo nach unten. Das Glashaus folgte langsam dem Flusslauf, der sich durch eine verschneite Auenlandschaft schlängelte und schwebte ungefähr fünfzehn Meter über dem Wasser. Ab und zu streiften die kahlen Zweige der Bäume den Boden, als wollten sie den gläsernen Palast festhalten.

Warum fliegen wir über diesen Fluss, wollte Leo gerade fragen, als er vom Weihnachtsmann unterbrochen wurde, der nach unten deutete. Er rief: „Da sind sie!"

Leo beugte sich vor und sah ein Ruderboot auf den Wellen schaukeln, in dem drei dick eingepackte Personen saßen. Sie drehten sich gerade um und schauten nach oben.

Der Alte rieb sich die Hände. „Das müssen sie sein, denn es sind Sehende."

„Sehende?", fragte Leo.

„Ja, Sehende", gab der Alte zurück. „Ich hab es dir doch schon gesagt, dass nur wenige das Glashaus sehen."

„Also dann …", murmelte Leo, „dann gehöre ich wohl auch zu den Sehenden?"

„Auf jeden Fall."

Das fliegende Haus hatte sich der kleinen Gruppe genähert und glitt langsam abwärts. Ein paar Meter weiter vorne im Raum hörte Leo ein Geräusch und sah, dass sich die Luke öffnete, und eine Leiter von selbst herunterfiel wie ein Anker, den ein Schiff ins Wasser warf.

Das Ende der Leiter fiel in das Boot, und sofort ergriff ein junger Mann, der einen großen Beutel um den Hals trug das dicke Tau und kletterte nach oben. Die anderen beiden sahen zu. Und jetzt erkannte Leo, dass noch eine vierte Person dazugehörte, die er vorher nicht gesehen hatte, denn sie lag auf dem Boden und ...

Plötzlich schrie Leo auf: „Da liegt ja jemand ohne Kopf im Boot!"

„Natürlich! Deswegen sind wir doch hier. Wieder jemand, der vor lauter Hektik seinen Kopf verloren hat. Das nimmt immer mehr zu." Und zu Leo gewandt, sagte der Weihnachtsmann: „Gleich neben der Luke steht ein großer Topf. Du brauchst den Kopf nur leicht anheben, der da wächst, dann löst er sich aus der Erde. Gib ihn dem jungen Mann..."

Leo wurde blass. „Nein", stammelte er, „das ... das kann ich nicht."

„Natürlich kannst du das! Es ist ganz leicht."

Der Alte stand aber dann doch selber auf, seufzte und sagte: „Vielleicht ist ein Kopf für den Anfang ein bisschen zu viel."

Leo dachte, dass ihm schlecht werden würde, wenn er zuschaute, aber die Wärme und die freundliche Helligkeit, das Spiel der Lichtwellen auf der Unterseite der Pflanzen und die wohltuende Stille, nahmen der Szene alles Schreckliche, so dass Leo gebannt zusah, wie der Alte fast liebevoll den Kopf löste, als hielte er den Kopf eines guten Bekannten fest, den er umarmen wollte. Wie ein kostbares Geschenk überreichte er den Kopf dem Mann auf der Leiter, der ihn vorsichtig in seinem Beutel verstaute, sich ihn um den Hals hängte und wieder nach unten kletterte.

Eigentlich hätte Leo nun doch gerne gesehen, wie die Gestalt auf dem Boden des Boots ihren neuen Kopf bekam, aber das Haus drehte ab und flog mit großer Geschwindigkeit über die Wiese und den verschneiten Fichtenwald, der sich daran anschloss. Und während sie dahinflogen, dachte Leo so bei sich, dass er es eine lange Zeit hier oben aushalten könnte.

IV

Je länger Leo sich in dem Glashaus aufhielt, desto mehr entdeckte er neue Winkel und Ecken. Zwischen zwei Bäumen, die dicht an der Wand standen, hing zum Beispiel eine Hängematte und schaukelte leicht hin und her. An einem Beet, in dem grünbraune Gitarren wuchsen, begann eine Wendeltreppe. Sie führte in einen gläsernen Turm, auf dessen oberstem Stockwerk eine runde Bank angebracht war, von der aus man einen fantastischen Blick auf alles hatte.

Ab und zu hatte Leo von dort oben auch andere Glashäuser vorbeifliegen sehen: größere, prächtigere aber auch kleinere, schlichtere.

Es kamen während der Zeit andauernd Menschen an, die, wie Leo, durch die Luke ins Glashaus kletterten, sich mit dem Alten unterhielten und etwas tranken. Dann gingen sie von Beet zu Beet, um sich eine der seltsamen Früchte abzupflücken.

Zeit schien keine Rolle zu spielen, denn es kam Leo so vor, als dehnte sich der Spätnachmittag endlos in die Länge. Er spürte keine Müdigkeit.

Und doch kam irgendwann die Dämmerung. Das Glashaus entfaltete nun seinen Abendcharme.

Zwischen den Zweigen der Bäume blitzten kleine Lampen auf, die nicht fest angebracht waren, sondern hin und her zu schweben schienen. In dem kleinen Teich sah Leo Fische schwimmen, die schillerten und leuchteten, und auf den Wegen gingen Leute vorbei, manche zu zweit, andere allein. Und Leo meinte, eine Frauenstimme zu hören, die leise Lieder sang, wie wenn jemand sich auf ein Fest freut und bei den Vorbereitungen vor sich hin summt.

Unten, auf der Erde, gingen ebenfalls die Lichter an, Leo sah eine helle Autoschlange unter sich, Lichtklumpen, die Städte und Dörfer darstellten und dazwischen dunkle Flecken, die manchmal aufblitzen, wenn das Glashaus über einen Fluss oder einen See flog.

Kurz entschlossen kletterte Leo auf den Turm und wollte sich die Welt von noch weiter oben ansehen. Aber es saß schon jemand auf der Aussichtsbank, die so geräumig war, dass sie Platz für zwei bot.

„Schön, dass du wieder da bist", sagte eine weibliche Stimme.

Es war Linda, die sich auf die Bank gesetzt und die Arme über die Lehne gelegt hatte. Sie schaute nach unten, auf die vorbeifliegende Erde. Sie hatte das förmliche „Sie" abgelegt und ihre Stimme klang so vertraulich, als ob sie sich schon lange kannten. Leo setzte sich und schaute sie an. Sie trug ein langes, grün schillerndes Abendkleid mit Spaghettiträgern und ihre Locken fielen wie ein Wasserfall über ihre linke Schulter. Fast beiläufig fragte sie: „Und? Hast du dir schon etwas ausgesucht?"

„Was meinst du damit?"

„Ja, irgendetwas, was dir fehlt und was du eben brauchst, deswegen bist du doch hierher eingeladen worden ..."

„Du meinst, ich soll mir hier eine Hand oder einen Fuß oder womöglich einen neuen Kopf aussuchen?" Leo lachte. „Das geht nicht, denn mir fehlt ja nichts, ich habe doch alles."

„Du wärst nicht hier", sagte Linda, „wenn dir nichts fehlen würde. Du hättest das Glashaus gar nicht gesehen und noch weniger betreten."

„Ja aber, was fehlt mir denn? Ich wäre ja gerne bereit, etwas auszusuchen, wenn ..."

Jetzt drehte sich Linda doch um und betrachtete Leo kritisch von oben bis unten, dann wandte sie ihr Gesicht wieder zur Seite, legte das Kinn auf ihre Arme, die locker über der Lehne hingen und blickte auf die Lichter einer Großstadt, die langsam vorbeizogen. „Du hast zum Beispiel keine Ohrmuscheln, um nur mal eine Sache zu nennen."

Erschrocken sprang Leo auf, tastete nach seinen Ohren, und als er feststellte, dass die Ohrmuscheln tatsächlich fehlten, sagte er erstaunt: „Tatsächlich! Meine Ohren fehlen, ich habe gar nicht bemerkt, seit wann sie verschwunden sind ... Merkwürdig!"

„Deshalb gibt es ja andere Menschen, die einem das sagen können. Man merkt selber nicht immer, wenn einem etwas fehlt. Mir fehlte zum Beispiel neulich der kleine Finger."

„Ja, das fiel mir auch auf", nickte Leo.

„Und warum hast du es mir nicht gesagt?"

Leo setzte sich wieder und kratzte sich am Kopf. „Na ja, ich dachte, das sei eine Verletzung und wollte nicht unhöflich sein. Stell dir doch mal vor, du siehst einen Mann, der bei einem Unfall sein rechtes Bein verloren hat und du sagst zu ihm: ‚Übrigens, Ihnen fehlt ja ein Bein. Ist Ihnen das schon mal aufgefallen?'"

„Ich finde", sagte Linda sehr bestimmt, „man sollte es trotzdem tun, man sollte nicht zu höflich sein. Denk doch nur an Parzival, der sich nicht getraute, die richtige Frage zu stellen. Seit es diese himmlischen Glashäuser gibt, kann man wenigstens etwas unternehmen."

„Ja, ja, sicher, ich verstehe. Aber ich muss mich erst daran gewöhnen", sagte Leo mit einer Spur Ärger in der Stimme. „Das muss einem doch mal gesagt werden, dass es so ein Glashaus gibt."

„So ein Glashaus ist gut", sagte Linda und lachte in sich hinein.

„Wieso? Was ist daran so lachhaft komisch?", fragte Leo zurück.

„Weil es dein Glashaus ist, Leo, dein persönliches Glashaus. Es ist schon so lange da, und du hast es nicht mal gewusst, darum musste ich lachen. Die Gnade gibt es nur als Geschenk."

„Mein Glashaus? Aber ... entschuldige mal. Das muss ein Irrtum sein! ich habe gar nicht..." Er verstummte.

Leo schaute betreten auf den Boden und auf die gläsernen Stufen, die durch das Glas hindurch nur schwach zu erkennen waren.

Er war verwirrt. Dass ihm so etwas Herrliches wie das Glashaus gehören sollte, das überstieg seine Vorstellungskraft. Er konnte sich an keinen Kauf erinnern.

„Zuerst fehlen einem die Ohrmuscheln, ohne dass man es merkt, und dann ist man plötzlich Eigentümer eines riesigen Glaspalastes ... Aber zum Glück kann man ja auch ohne Ohrmuscheln hören!"

„Jetzt noch", sagte Linda, „aber das Fehlen der Ohrmuscheln ist nur der Anfang. Das Gehör wird nach einiger Zeit verblassen, oder genauer gesagt verklingen, du hörst dann die Zwischentöne nicht mehr und so weiter ..."

„Fantastische Aussichten!", rief Leo mit einer Spur Bitterkeit in der Stimme.

„Ja, das finde ich auch", sagte Linda, die die Lichter eines Dorfes verfolgte.

„Ich glaube, ich gehe wieder nach unten", meinte Leo nach einer Weile, stand auf und wollte auf die Treppe zugehen, blieb aber noch einmal stehen. Er sah, dass Linda wie hingegossen auf der Bank kauerte und nach unten staunte und eine Welle von Zuneigung für sie überflutete ihn.

Sie drehte sich um und lächelte ihn an.

„Was ist?"

„Mir ist etwas Seltsames passiert."

„Was denn?"

„Ich habe mich in dich verliebt."

Linda senkte den Blick, dann hob sie ihren Kopf und meinte leise: „Du bist ja sehr direkt."

„Ich versteh das nicht. Wir ... wir kennen uns kaum und trotzdem fühle ich mich dir so nahe ... Könntest du nicht meine Freundin werden?"

Seufzend drehte sich Linda jetzt ganz um und klopfte mit der Hand leicht auf die Bank, um anzudeuten, dass Leo sich wieder setzen sollte.

„Ich soll also deine kleine Freundin sein, ja?" Leo setzte sich und nickte.

„Ja, das fände ich schön, wir könnten plaudern, zusammen sein ..."

„Aha. Und da eine kleine Umarmung und dort ein Küsschen

und ein bisschen schmusen und noch ein paar andere Sachen anstellen …"

„Warum nicht? Linda, du bist für mich …"

„Schweig. Im Glashaus gelten andere Gesetze."

„Aber warum nicht?"

Linda wandte sich ihm zu und legte eine Hand auf seine Schulter. „Hast du vergessen, dass du verheiratet bist, mein Lieber? Ich kann nur deine Freundin werden, wenn du deine Frau wieder zurückgewinnst. Sonst geht es nicht. Und nun leb wohl. Ich warte auf dich."

Sie wandte sich ab und starrte nach unten.

Leo strich zum Abschied sanft über ihre Haare und ging zur Treppe.

„Sehen wir uns wieder?"

„Natürlich. Und nun geh, sonst verlier ich noch mein Herz. Es lockert sich schon. Und übrigens, die Ohrmuscheln wachsen am Rand des kleinen Teiches. Aber du musst das Moos zur Seite schieben", rief Linda ihm hinterher, als er die ersten Stufen schon genommen hatte.

V

Leicht verstört stieg Leo die Glasstufen hinab und suchte den Weihnachtsmann. Als er ihn schließlich in der Hängematte gefunden hatte, fragte er ihn: „Warum hast du mir nicht gesagt, dass meine Ohrmuscheln fehlen?"

„Die meisten merken es irgendwann selber. Es ist besser so."

„Aber Linda hat es mir gesagt. Ich hatte ja keine Ahnung, dass es so um mich steht."

„Ja, Linda ist manchmal etwas ungeduldig. Ich wusste, dass du es eines Tages selber herausfinden würdest."

„Weiß du, es ist irgendwie ... beschämend, weil ich immer interessiert zugeschaut habe, was den Leuten, die hier ankamen, alles fehlte und wie sie sich hier bedient haben, und ich dachte immer, ich sei eine Ausnahme. Und dabei fehlten mir die ganze Zeit meine Ohrmuscheln."

„Ja, ja das ist normal. Viele Leute denken, sie seien die Ausnahme. Auch wenn alle um sie herum sterben, denken sie, dass sie niemals sterben werden."

Leo, der mit seiner rechten Hand die Stelle befühlte, wo einmal sein rechtes Ohr gewesen war, sagte: „Na, dann werde ich mir wohl zwei Ohren pflücken. Und man muss sie nur an den Kopf halten?"

„Einfach an die richtige Stelle halten und kurz festdrücken, das ist alles."

Der Alte seufzte: „Sieh doch nur, wie friedlich alles von hier oben aussieht. Man könnte meinen, dass es keine Streitigkeiten, keine Morde, keine Kriege gäbe."

„Ja, sehr friedlich", erwiderte Leo, der an seine neuen Ohren dachte. „Also dann werde ich jetzt gehen."

„Geh nur, hol dir die Ohren und dann wird es auch Zeit für dich, auszusteigen. Man kann nicht immer im Glashaus sitzen."

Leo suchte den Teich und als er ihn gefunden hatte, war es genauso, wie Linda es ihm geschildert hatte: Unter dem Moos wuchsen wirklich Ohrmuscheln und zwar paarweise.

Leo suchte sich ein Paar heraus, pflückte sie leicht schaudernd ab und drückte sie vorsichtig an beiden Seiten des Kopfes fest. Es zwickte ein wenig, als ob sich das Ganze zurechtrücken musste, dann beruhigte sich die Stelle. Leo hatte jedoch noch einige Minuten später das Gefühl, als hätte er irgendwelche Fremdkörper angeklebt. Aber das war nur am Anfang. Mit der Zeit verlor sich dieser Zustand und Leo kam es vor, als ob er danach viel besser hörte.

Er wollte gerade zum Turm zurückgehen, da sah er, wie die Luke sich öffnete und die Strickleiter herunterfiel.

„Es wird Zeit", sagte der Weihnachtsmann, der unhörbar neben ihn getreten war.

„Darf ich denn das Glashaus später noch einmal besuchen?", fragte Leo.

„Natürlich. Wenn dir etwas fehlt, rufst du nach dem Glashaus. Aber rechne damit, dass es dir nicht einfach gehorcht. Manchmal ist es sofort da, manchmal dauert es lange. Es ist nicht berechenbar, weißt du. Die Gnade wird dir zwar geschenkt, aber du hast sie nicht in der Hand."

„Ja, ja", nickte Leo, „obwohl ... eigentlich gehört mir doch das Glashaus und da sollte man annehmen, dass ..."

„Sicher, es gehört dir in dem Sinn, dass es zu dir gehört, aber es hört nicht auf Befehle, sondern nur auf versteckte Wünsche und Hilferufe."

Leo griff nach dem Geländer, das um die Luke herum angebracht war, suchte mit dem Fuß nach der ersten Sprosse und stieg tiefer.

„Und grüß Linda von mir!", rief Leo.

Der weihnachtliche Gärtner nickte und deutete nach oben. Und als Leos Augen dem Finger des Weißbärtigen folgten, sah er leicht verschwommen Lindas Gestalt oben auf dem Turm stehen, die ihm lebhaft zuwinkte.

VI

Der Abend war bereits fortgeschritten, als Leo von der Leiter stieg. Auch war es sehr kalt. Erstaunt stellte er fest, dass er direkt neben dem gefrorenen Erdbeerbeet seines Gartens gelandet war, zwei Meter vom Kirschbaum entfernt. Das Glashaus, vielmehr sein unberechenbares, wunderbares Glashaus, musste also genau über seinem Zuhause angehalten haben.

Im Wohnzimmer brannte Licht. Aber es war niemand zu sehen, als Leo durch das Fenster schaute.

Er ging auf dem Plattenweg um das Haus herum und hörte Stimmen, die vom Eingang zu ihm herüberdrangen.

Da sah er vor der Haustür zwei Gestalten, in Mäntel gehüllt, die sich unterhielten: Simon, ein guter Bekannter aus der Nachbarschaft, und seine Frau.

„Hallo Magdalene“, sagte Leo und küsste seine Frau flüchtig auf die Wange. Dem Nachbarn gab er kurz die Hand.

„Wo warst du nur?“, fragte Magdalene. „Als ich nach Hause kam, habe ich dich nirgends gefunden und auch keine Notiz am Kühlschrank. Ich hab mir schon Sorgen gemacht. Simon wusste auch nicht, wo du warst.“

„Ich war einkaufen“, sagte Leo, „und hab ganz die Zeit vergessen ...“

„... und dein Handy war natürlich wieder mal ausgeschaltet.“ In Magdalenes Stimme war ein leiser Vorwurf zu hören.

„Stimmt. Hab nicht daran gedacht.“

„Ich geh dann mal rein“, sagte Magdalene, „und mach das Abendessen.“

Als sie fort war, fragte Simon: „Kann es sein, dass du im Glashaus warst?“

Überrascht starrte Leo seinen Nachbarn an und stammelte: „Ja, ja, ich war dort. Kennst du es etwa?“

„Ja, ich kenne es, aber man redet nicht so viel davon. Die meisten sehen es ja nicht. Und? Hast du Klaus getroffen?“

„Klaus?“

„Den Alten.“

„Ach den, ja, natürlich. Jetzt, wo du‘s sagst, fällt mir auf, dass ich gar nicht nach seinem Namen gefragt habe. In meinen Gedanken hieß er eben „der Weihnachtsmann“. Er wusste jedenfalls gleich, wie ich heiße.“

Simon nickte. „Er kennt viele. Und manchmal sieht er aus wie ein Gärtner.“

Komisch, dachte Leo, *Jetzt kenne ich Simon schon so lange und er hat mir nie etwas vom Glashaus erzählt.*

„Und was hast du bei Klaus abgepflückt?“, fragte Simon weiter.

„Zwei Ohren. Plötzlich merkte ich, dass mir die Ohren fehlten, oder eigentlich musste es mir … mir jemand sagen.“

Er schaute Simon an, der leicht nickte.

„Und bei dir?“

„Ich wollte nur eine Heilsalbe für meine Zunge haben, die sich wund geredet hatte, dabei merkte ich, dass meine Zunge vollständig verschwunden war, ich ... konnte plötzlich nicht mehr sprechen. Du glaubst gar nicht, wie dumm man sich ohne Zunge vorkommt. Man kann ‚Mama' oder ‚Papa' sagen und ‚Ich habe Hunger'. Das geht gerade noch ohne Zunge, aber alles andere wird schwierig."

„Abgesehen von meinen fehlenden Ohren hat mir mein Glashaus gut gefallen", sagte Leo.

„Unser Glashaus", verbesserte Simon nachsichtig. „Es gehört vielen."

„Der Abend", fuhr Leo mit träumerischer Stimme fort, „als die vielen kleinen Lichter angingen und wir über einen Fluss geschwebt sind ..."

„Besonders gemütlich ist es bei Regen, wenn das monotone Geprassel dich schläfrig macht. Und ich liebe die Stille, wenn der Schnee fällt und es kalt draußen wird und Klaus die Heizung hochdreht. Herrlich!"

Simon hielt Leo die Hand hin.

„Ich muss gehen. Und vergiss nicht, Leo", rief Simon noch, als er schon ein paar Meter entfernt war, „dass man sich ab und zu beschenken lassen muss. Ohne die Geschenke wären wir arm dran." Er verschwand im Schatten des Kirschbaumes.

Aus dem Wohnzimmer klang jetzt gedämpfte Musik. Magdalene hatte wohl eine CD aufgelegt, während sie den Tisch deckte.

Leo griff unwillkürlich nach seinen neuen Ohren und hatte den Eindruck, dass sie etwas länger waren als die vorigen, aber das konnte auch eine Täuschung sein.

Als er die Wohnzimmertür aufmachte, wehte Barockmusik durch den Raum. Magdalene drehte sich nach ihm um.

Sie sahen sich wortlos an.

Sie kniff die Augen zusammen und sagte: „Du siehst irgendwie anders aus."

„Findest du?"

„Ja, finde ich."

„Haben sich eigentlich irgendwelche Verwandten für Weihnachten bei uns eingeladen?", fragte Leo.

„Bisher nicht." Magdalene zögerte, als sie fortfuhr: „Ich hab übrigens noch kein richtiges Geschenk für dich."

Leo lächelte: „Ehrlich gesagt, ich auch nicht für dich. Aber wir könnten doch zusammen irgendetwas Schönes unternehmen ..."

„Ein Konzert?"

„Zum Beispiel. Oder ... oder einen Zoobesuch. Da gibt es doch auch diese großen Gewächshäuser."

„Gewächshäuser?" Seine Frau starrte ihn an.

„Oder Orangerien. Sowas ist total gemütlich. Man sitzt auf einer Bank und unterhält sich. Das Licht ist herrlich. Wahrscheinlich kann man auch etwas essen."

Magdalene schüttelte den Kopf. „Du hast manchmal seltsame Ideen. Aber – warum nicht? Wir haben uns schon lange nicht mehr richtig unterhalten."

Leo nickte und blickte nach draußen. Er konnte nicht viel sehen, es war dunkel, und die Spiegelung der Wohnzimmereinrichtung nahm ihm die Sicht. Trotzdem bewegte sich am Himmel ein Licht. Es war kein Flugzeug und auch keine Sternschnuppe. Das konnte nur das Glashaus sein, das unterwegs war, um von anderen getroffen zu werden.

* * *

6 AGIOS

Ben Gobrecht nahm seine Sonnenbrille ab, als er in den Bus stieg. Durch die Fenster fiel, grünlich gedämpft, die grelle Morgensonne in das Fahrzeug und tauchte die Reisenden in ein kühles Licht. Es war tatsächlich nicht besonders heiß. Immerhin war es Winter. Aber Winter bedeutete hier einen langen Frühling. Ben schnupperte. Es roch nach Oliven.

Der Bus hatte den Flughafen Iraklion verlassen und fuhr nach Westen an der Nordküste Kretas entlang. Rechts der Straße warf das Meer Wellen um Wellen an den Strand, als wollte es das überzählige Wasser loswerden und links schälte sich aus dem Morgendunst die gezackte Linie des Idagebirges. Die Spitzen weiß bestäubt vom Schnee.

Ben saß allein am Fenster. Sein Sohn und seine Frau hatten die Plätze gegenüber gewählt. Es war ihm ganz Recht, denn mit seinem Sohn Stefan konnte er zurzeit nichts anfangen.

Alles an ihm ärgerte ihn: seine schwarzen Rastazöpfe, die aussahen, als würden dunkle Schlangen aus seinem Kopf wachsen, seine dünne, empfindliche Nase und seine gelangweilten Kommentare, die seinen Vater manchmal so in Wut brachten, dass er sich gewaltsam zusammenreißen musste, um ihn nicht anzubrüllen.

Da ermöglichte man dem „Herrn Sohn“ zehn Tage Winterurlaub auf Kreta und der meckerte schon im Flugzeug über den angeblichen Gummigeschmack der Hühnerbeine auf Curry.

Wenn er an seine Urlaube mit sechzehn dachte, fielen ihm die kümmerlichen, muffigen Ferienwohnungen in Bad Harzburg ein. Hätten seine Eltern ihn damals gefragt, ob er mit ihnen nach Kreta fliegen würde, er hätte einen Luftsprung vor Freude gemacht.

Ben schielte zu Frau und Sohn hinüber, die einträchtig nebeneinandersaßen und sah, wie Stefan genervt auf die Uhr blickte. Von der Straße drang lautes Hupen herauf: die Reaktion auf ein gewagtes Überholmanöver des Busfahrers.

Auf der linken Seite kam eine Bauruine mit unverputzten Arkaden in Sicht. Zwei Dattelpalmen wiegten sich davor im Wind.

„Hier stinkt es nach Oliven", maulte Stefan, während Ben dachte: ‚Wieder mal typisch!' Laut sagte er: „Woanders wäre man über frisch geerntete Oliven froh!"

Aber sein Kommentar wurde von Stefan schlichtweg überhört und von seiner Frau Sonja erntete Ben nur hochgezogene Augenbrauen und den Satz: „Ach, lass doch, Ben."

„Ist doch wahr", murmelte er, „woanders wäre man froh!"

Die Fahrt dauerte endlos. Zwischendurch döste er ein und wurde schließlich durch die laute Stimme des Busfahrers aufgeschreckt, der „Kavros" rief.

Sie stiegen aus, holten ihre Koffer aus dem Gepäckraum und rollten sie zur Rezeption.

Die Gartenanlage des Hotels gefiel Ben auf Anhieb: geschwungene Wege, die an Palmen, Eukalyptusbäumen, Oleander und Rosen entlangführten. Über und unter einem steinernen Torbogen rankten sich purpurfarbene Bougainvilleas.

Nur der Empfangschef schien zu dem einladenden Garten nicht zu passen. Statt begeistert bei ihrem Eintreffen aufzuspringen, blickte er sie nur kurz an und sagte auf Deutsch: „Die Pässe!" Und gleich darauf: „Leider können Sie noch nicht auf Ihre Zimmer. Setzen Sie sich an den Strand!"

„Wo sollen wir die Koffer lassen?", fragte Ben.

„Sie können sie hier hinstellen."

Seine Hand, die von einem breiten Ring mit bläulichem Stein geschmückt war, zeigte auf die Ecke mit den Angeboten der Reisebüros.

„Gibt es noch Frühstück?"
„Tut mir leid. Das Buffet ist abgeräumt."
„Das fängt ja gut an", murrte Stefan genervt.

Sie genehmigten sich Getränke auf der Terrasse, die zum Meer hin offen war und von der Sonne gestreift wurde.

„Komisch", meinte Ben, „um diese Zeit ist doch in den Hotels absolut nichts los. Die meisten sind sowieso geschlossen. Warum sind dann die Zimmer noch nicht fertig? Ich kapier's nicht."

„An Weihnachten verreisen mehr Leute, als man denkt", meinte Sonja. Stefan sagte nichts, und so wurde es still, nur das Gepiepe von Stefans Smartphone war zu hören.

Plötzlich stand Ben auf. „Ich mach einen kleinen Strandspaziergang."

„Aber creme dich ein", schlug seine Frau vor.

„Und wo ist die Sonnencreme?"

„Die ist noch im Koffer."

Ben winkte ab. „Die Wintersonne hat nicht die Kraft, außerdem ist es später Vormittag. Solange bleibe ich doch nicht am Strand."

Er zog sein Hemd aus, streifte die schwarzen Slipper und die Socken ab und krempelte seine Leinenhose hoch.

Er musste jetzt allein sein.

Am Strand wurden gerade die wenigen Liegen hergerichtet. Ben fand es herrlich, den feuchten Sand unter den nackten Fußsohlen zu spüren. Und der Wind, der manchmal eine Prise Gischt mit sich brachte, roch nach Urlaub und einfachem Leben.

Ab und zu lagen breite Kieselteppiche auf dem Sand wie raue Zungen, die das Meer aus Übermut herausstreckte und Ben musste vorsichtig den spitzen Steinen ausweichen. Es gab hier anscheinend keine Muscheln.

Ein Klumpen Unmut saß noch in Bens Bauch. Unmut über seinen Sohn, dem mal wieder nichts zu passen schien.

Ich hoffe nur, dass Stefan hier ein paar Leute kennenlernt und sein eigenes Programm durchzieht, dachte er, *dann könnte ich mich sogar erholen. Komisch, irgendwie scheint Sonja leichter mit seinen Launen umzugehen.*

Ben blieb stehen und sah zu, wie eine Gruppe Männer in Badehosen Volleyball spielte. Ein paar Schritte weiter stand eine Tafel, auf der mit griechischen und lateinischen Buchstaben einfache Gerichte angepriesen wurden.

Ben hatte vom Mathematikunterricht einige gängige Zeichen behalten und sich während des Fluges das Alphabet eingeprägt. Mühsam buchstabierte er das Wort „S-o-u-v-l-a-k-i“, das mit einem weichen Beta in der Mitte geschrieben wurde.

Zufrieden über seine sprachlichen Entdeckungen schlenderte er weiter, blieb ab und zu stehen und entzifferte weitere Wörter auf den Strandtafeln.

Irgendwann fiel ihm ein, dass er umkehren sollte. Wahrscheinlich waren die Zimmer jetzt fertig. Als er die Terrasse erreichte, waren Stefan und Sonja verschwunden und mit ihnen seine Schuhe, Socken und sein Hemd.

Mit großen Schritten ging er barfuß über den Zementweg zur Rezeption. Da hörte er seinen Namen. Er drehte sich um und entdeckte die Vermissten auf einem Balkon.

Sah es nicht so aus, als ob Stefan spöttisch grinste und mit Sonja tuschelte? Irgendwie fand Ben es unpassend, dass sich Sonja so mit Stefan zusammentat, als ob sie ihn vor seinem Vater beschützen wollte.

Als Ben das Zimmer betrat, rief Sonja entsetzt: „Wie siehst du denn aus?“

„Wieso? Wie soll ich denn aussehen?“

„Deine Schultern sind krebsrot und dein Gesicht...“

„... Dein Gesicht ist total im Eimer“, ergänzte Stefan und grinste breit.

„Du hast die Wintersonne unterschätzt!“, meinte Sonja.

In Ben kochte die Wut hoch. Wie sie dastanden und sich über ihn lustig machten!

„Ihr findet das wohl beide sehr witzig, was?“, presste er zwischen den Zähnen hervor.

Die Schmerzen kamen eine Stunde später. Zum Glück hatte Sonja ein Gel gegen Sonnenbrand dabei. Schwierig war das Sprechen, denn auch die Lippen waren verbrannt und bildeten kleine Bläschen.

Erst gegen Abend traute sich Ben nach draußen und zwang sich, mit Sonja und Stefan Karten zu spielen. Er war der unangefochtene Mittelpunkt unter den wenigen Hotelgästen, weil seine Lippen mit einer dicken Schicht Zahncreme belegt waren – ein altes Hausrezept von Sonjas Mutter.

Ein Vorteil hatte der Sonnenbrand immerhin: Ben spielte bei Rommé ohne Anstrengung mit Pokerface, weil jedes Lächeln und jedes Stirnrunzeln wehtaten.

Das Abendessen war eine Qual und nachts wälzte er sich unruhig hin und her.

Gegen sechs Uhr stand er auf, weil er es im Bett nicht mehr aushielt. Sein T-Shirt von der Nacht ließ er an, setzte sich seine Schirmmütze auf und ging an den Strand.

Es war noch kühl und er hätte gerne eine Jacke gehabt. Unbeirrt warf das Meer die Wellen über den Sand und spielte mit den Kieseln. Am fahlen Morgenhimmel standen ein paar Wolkenfetzen wie gemalt mit rosarot gefärbten Rändern. Die Berge hüllten sich in einen Dunstschleier und schienen noch zu schlafen.

Er wartete, bis die glitzernde Sonnenscheibe sich über einen Wolkenstreifen schob, dann ging er wieder zurück. Sein Respekt vor der kretischen Sonne war seit gestern gestiegen.

Frühstück gab es ab halb acht. Eine riesige Schüssel mit griechischem Joghurt stand da. Eine Müslimischung lockte, Schinken, Käse, Rührei und sogar dunkles Brot. Es waren ein Dutzend Gäste da und man nickte sich zu.

Als Ben seinen Kaffee holte, stockte er. Über dem Kaffeeautomaten hing im Stil einer Ikone eine Madonnen-Szene als billige

Reproduktion. Eine ernste, weltfremde Maria saß in einer Höhle und hielt das neugeborene Jesuskind im Arm, dessen Gesicht aussah wie das eines kleinen Erwachsenen. Im Hintergrund sah man die Kamele der Heiligen Drei Könige.

Halb empört über diese seltsame Zusammenstellung von Kunst und Kaffee ging er zu dem Tisch, an dem Sonja saß. Stefan schlief noch.

Während Ben vorsichtig seinen Kaffee schlürfte, entdeckte er auf der blauen Rückenlehne des leeren Stuhles gegenüber einen stilisierten Engel, der in das Holz geschnitzt war.

„Seltsam", sagte er.

„Was meinst du?", fragte Sonja.

Ben schilderte seine Beobachtungen, und seine Frau lachte. „Oh, das ist nicht alles", sagte sie und legte eine Scheibe Schinken auf ihr Brot. „In der Ecke, wo die Angebote der Reisebüros hängen, haben sie ein Kreuz aus Ästen und einer getrockneten Rose in der Mitte befestigt."

„Geschmacklos", brummte Ben.

„Wieso?"

„Das passt nicht zusammen. Ein Holzkreuz, eine Weihnachtsszene und kleine, blaue Engel gehören in eine Kirche und nicht in den Frühstücksraum eines Hotels."

Sonja trank einen Schluck Kaffee und meinte: „Du bist also für strikte Trennung? Religiöse Apartheid?"

Ben überlegte. Das Wort „Apartheid" gefiel ihm nicht.

„Quatsch. Es ist ... es ist einfach geschmacklos: Schließlich hängt in einer Kirche auch keine ... keine Zahnpasta-Reklame oder ein Bild von Familie Müller beim Fernsehen."

„Aber hier", beharrte Sonja, „ist es ebenso. Die Kreter können wohl beides nebeneinander vertragen. Die Kaffeemaschine und die Geburt Jesu."

Ben verteilte die Marmelade über sein Brot und fragte: „Wo ist eigentlich Stefan? Bald wird das Buffet abgeräumt und dann ist nichts mehr da."

„Er wird schon noch kommen."

Ben blickte auf die Uhr. „Viel Zeit hat er nicht mehr. Ich wecke ihn."

Sonja schüttelte den Kopf. „Lass das lieber sein, Ben. Ich glaube nicht, dass das seine Stimmung hebt, wenn du ihn weckst."

„Was soll das heißen?", brauste er auf, zuckte aber zusammen, weil seine Gesichtshaut immer noch schmerzte.

„Er ist kein kleines Kind mehr."

Während sie weiterfrühstückten, blickte Ben immer wieder zum Eingang, aber Stefan kam nicht. Schließlich wurde das Buffet abgeräumt. Fünf Minuten später tauchte Stefan im Pulli auf. Die Rastazöpfe hatte er im Nacken locker zusammengebunden, sodass sein Gesicht von den Haaren umrahmt wurde wie bei einer Frau.

„Leider kommst du zu spät", sagte sein Vater, und in seiner Stimme schwang ein leiser Ton von Schadenfreude mit.

Stefan sah seinen Vater mit unbewegter Miene an, ging an ihm vorbei und verschwand in der Hotelküche.

Als er zum Tisch zurückkam, trug er ein Tablett, voll beladen mit Frühstückssachen.

Ben spürte, wie sich bei ihm wieder die Wut breitmachte. Am liebsten hätte er das Tablett genommen und gegen die Wand geklatscht.

Sonja, die das anscheinend viel zu locker sah, lachte nur und fragte: „Wie hast du das denn geschafft, Stefan?"

„Ich habe meinen Charme spielen lassen und die Frauen in der Küche angelächelt.", mampfte er mit vollem Mund. „Die haben alle Zeit."

„Ach", meinte Ben mit eisiger Stimme, „du kannst lächeln? Das wusste ich nicht."

Stefan reagierte nicht, aber in seinen Augen glühte ein triumphierender Funke.

„Ich geh schon mal aufs Zimmer", sagte Ben und erhob sich.

„Zum Strand wäre ja auch nicht empfehlenswert", warf Stefan ihm hinterher.

Ben tat so, als hörte er die Bemerkung nicht und ging weiter, aber es ärgerte ihn maßlos. Hinter einer Säule blieb er stehen.

„Also, den letzten Satz hättest du dir sparen können", hörte er Sonja sagen, die ihre Zigarettenpackung öffnete. *Na wenigstens etwas Beistand, dachte Ben.*

„Ich weiß", meinte ihr Sohn, „aber er behandelt mich, als sei ich sein persönlicher Feind."

Sonja zündete sich eine Zigarette an und blies den Rauch genüsslich langsam nach oben. „Nimm es nicht so ernst. Im Grunde mag er dich."

Ben zog eine Augenbraue hoch.

„Okay … Im Grunde mag er dich", wiederholte er Sonjas letzte Bemerkung. Und er fragte sich, während er die Stufen zu seinem Zimmer hinaufging, ob das wirklich stimmte. Mochte er Stefan überhaupt noch? Diesen verwöhnten Halbwüchsigen mit seiner zu schmalen Nase und den Rastazöpfen?

Was wusste er eigentlich von ihm? Welche Gedanken entwickelten sich hinter seiner bornierten Stirn? Hatte er eine Freundin? Was dachte er über seine Eltern? Lachte er sich vielleicht halbtot über sie, wenn er mit seinen Freunden allein war? Wann war ihm sein Sohn fremd geworden?

Ben holte sich einen Stuhl aus dem Zimmer, stellte ihn auf den schattigen Balkon und hing weiter seinen trübsinnigen Gedanken nach, trotz der paradiesischen Umgebung, und er fragte sich, ob wohl Adam und Eva im Paradies ständig gute Laune gehabt hatten. „Wahrscheinlich schon, denn sie hatten noch keinen Sohn!", murmelte er und merkte verblüfft, dass sich der Satz reimte.

Da hörte er Sonjas Stimme: „Hallo!" Sie trat auf den Balkon und blickte über die Krone eines Olivenbaumes hinweg, der voll hing mit den reifen, dunklen Früchten. Im Reiseführer hatten sie gelesen, dass der Winter die Zeit der Olivenernte sei.

„Schön ist es hier!", seufzte sie und streckte sich gähnend wie eine verschlafene Katze.

„Ja", nickte ihr Mann, „schön ist es hier, wenn man das andere übersieht."

„Welches andere?"

„Ach, komm, tu doch nicht so ... so unwissend."

„Ich weiß nicht, was du meinst."

„Du weißt nicht, was ich meine? Das ist ja noch schöner." Bens Stimme bekam einen scharfen Unterton.

„Ach so, du meinst deinen Sonnenbrand ..."

„Ich meine nicht den Sonnenbrand. Ich meine Stefan."

Sonja lachte und strich von oben über Bens Haare. „Du nimmst das alles viel zu ..."

Erregt stand Ben auf und wischte Sonjas Hand zur Seite. „Ich werde hier ständig beleidigt, angemeckert und ... herabgesetzt. Aber du findest das nicht weiter schlimm, was? Und du nimmst dieses mäkelige Muttersöhnchen auch noch in Schutz!"

„Stefan ist ein pubertierender Sechszehnjähriger", sagte sie beschwichtigend, „und die sind halt so. Ben, du ... du führst dich auf wie ein ... wie ein ..."

„Na?", half Ben nach, aber Sonja setzte ihren Satz nicht fort. Ben ließ sich auf den Stuhl fallen und sagte resigniert: „Wir haben ihn falsch erzogen. Wir haben bei ihm viel zu viel durchgehen lassen und ihn verwöhnt. Aber jetzt ist es zu spät. Mein Gott, wir haben, ohne es zu merken, eine Schlange großgezogen und ich ..."

„Das hör ich mir nicht mehr an!", rief Sonja, verließ abrupt den Balkon und schloss die Tür aus Gewohnheit von innen ab. Als sie merkte, dass Ben mit rotem Gesicht von draußen gegen die Scheibe polterte, machte sie auf und sagte: „Entschuldige, das war ein Versehen."

Aber Ben schien die letzte Bemerkung nicht zu hören, sondern rannte an ihr vorbei und sagte: „Mir reicht's. Ich geh in die Stadt, um eure Gesichter eine Zeitlang nicht mehr zu sehen!"

Unbarmherzig schien die kretische Sonne von einem wolkenlosen Himmel und trieb Ben in die schattigen Gassen von Georgioupoulis.

Gerade machten ein paar Geschäfte auf. Andere blieben geschlossen. Kleiderstangen wurden nach draußen gerollt und Tische gedeckt. Innerlich immer noch aufgewühlt, hatte Ben keine Augen für seine Umgebung, sondern ging vorwärts und hatte auf alles eine Wut. Warum das so war, konnte er selbst nicht genau sagen. Allmählich beruhigte er sich aber. Und als er ein paar alte Männer vor ihrem Stammcafé sitzen sah, die Backgammon spielten, dachte er: Ja, die machen es richtig.

Gerade wollte er sich ebenfalls in ein Café setzen, da hörte er eine Stimme, die sich anhörte, als rufe der Muezzin zum Gebet. Er ging den Tönen nach und stand bald vor einer orthodoxen Kirche. Die liturgischen Gesänge des Priesters wurden über Lautsprecher nach draußen übertragen.

Erst jetzt erinnerte sich Ben, dass es Sonntag war. Neugierig trat er näher. Die Kirche war offen, und als Ben zögernd den Raum betrat, sah er, dass die meisten standen. Eine alte Frau in schwarzen Kleidern schob ihn sanft nach rechts zu der Männerseite. Es roch nach Bienenwachs und Weihrauch.

Während der Priester weiter sang und dabei von zwei Männern im Wechselgesang unterstützt wurde, schien die übrige Gemeinde ihr eigenes Programm zu haben. Kinder gingen hin und her, zündeten dünne, gelbe Kerzen an und steckten sie in eine verzierte Schale mit Sand, die von drei Messingengeln gehalten wurde.

Ein paar Frauen begrüßten sich leise. Andere gingen nach draußen oder küssten eine Ikone, die in Kusshöhe auf einem Holzgestell stand. Ben sah sich um. Die Apsis war durch eine reich geschnitzte Holzwand abgetrennt. Dahinter sah er durch eine bogenförmige Öffnung eine halbe Krippe mit lebensgroßen Hirtenfiguren. Plötzlich strömten alle nach vorn. Der Priester verteilte aus einem großen Korb Brotstücke.

Die Messe schien zu Ende zu sein, und die meisten drängten nach draußen. Irgendetwas hielt Ben jedoch fest, und er blieb noch, um sich die Kirche näher anzusehen. Außerdem konnte ihn hier die kretische Sonne nicht erreichen.

Seltsam, dachte er, dass Räume eine ganz bestimmte Ausstrahlung haben. Dieser Raum strahlte eine Art Ehrfurcht oder Heiligkeit aus. Was aber war das überhaupt – Heiligkeit? Eine religiöse Gänsehautstimmung oder noch etwas anderes?

Die schwarzgekleidete Frau von vorhin ging durch den Raum, löschte die dünnen Kerzen aus und warf sie in einen vergoldeten Behälter, als wollte sie die profane Welt wieder hereinholen. Aber für Ben war die heilige Stimmung noch nicht zu Ende. Er hatte sich vor dem Urlaub gefragt, ob die Weihnachtsstimmung in einem warmen Land überhaupt aufkommen würde, jetzt dachte er: Ja, ein wenig schon. Er betrachtete die Bilder an den Wänden. Hauptsächlich waren Männer abgebildet, Ehrfurcht gebietende Gestalten mit strengen Gesichtern. Ben entzifferte: „Agios Georgios" – Agios, das wusste er von den Ortsnamen auf Kreta, bedeutete „heilig". Dieser heilige Georg saß auf einem sich aufbäumenden Pferd und bohrte gerade in eleganter Haltung einem Drachen einen Speer in sein aufgerissenes Maul.

„Agios Joseph" las er und sah einen alten Mann, der sich verwundert über Mutter und Kind beugte, als seien sie Fremde. Bei dem nächsten Bild entzifferte er: „Agios …", aber dann stockte er. Es war, als hätte eine unsichtbare Hand wie zufällig sein Herz gestreift, denn das nächste Gemälde zeigte ein Porträt, mit dem er nicht gerechnet hatte: Eine bartlose Männergestalt blickte ihn an. Die dicken, schwarzen Haare umrahmten das ernste Gesicht mit der schmalen Nase, und darüber standen die Worte: „Agios Stephanos." Ben hielt sich an der Lehne der Wandstühle fest und blieb mit offenem Mund stehen.

„Unglaublich", murmelte er, „die Ähnlichkeit ist verblüffend."

Das Gesicht seines Sohnes tauchte aus der Erinnerung auf, wie Stefan heute beim Frühstück mit seinen nach hinten gebundenen Rastazöpfen und unbewegter Miene, ikonenartig streng, an ihm vorbeigegangen war. Jetzt schien es Ben, als blicke ihn durch dieses Bild sein eigener Sohn noch einmal an. Die rechte Hand des Heiligen Stephanos bildete in Brusthöhe einen Kreis, wobei sich Daumen und Ringfinger berührten. Seltsam geziert sah das aus, vornehm und erhaben. Ben fiel das Gespräch mit Sonja über die religiöse Apartheid ein und wie er zu ihr gesagt hatte: „Schließlich hängt in einer Kirche auch keine Zahnpasta-Reklame oder ein Bild von Familie Müller beim Fernsehen!"

Und jetzt hing doch tatsächlich das Bild seines Sohnes, des „Heiligen Stephanos" in einer kleinen, orthodoxen Kirche auf Kreta und blickte ihn unentwegt erhaben an.

„Ein blöder Zufall", sagte sich Ben. „nur, weil Stefan so eine schmale, byzantinische Nase hatte und zufällig seine Rastazöpfe nach hinten gebunden waren ..."

Und doch, obwohl alles erklärbar schien, konnte er sich von dieser alten Ikone nicht trennen. Sie hielt ihn fest, und in Bens Gedanken stieg der irrsinnige Satz auf: „Stefan ist ein Heiliger. Wusstest du das?"

Ärgerlich wischte Ben den Satz zur Seite und fragte sich gleichzeitig verwirrt, wer ihm diese Gedanken eingegeben hatte.

Idiotisch! Dieser verwöhnte, launische Teenager sollte ein Heiliger sein? Ausgerechnet der? Lächerlich! Und überhaupt war es geradezu eine Beleidigung, seinen Sohn mit Stephanus, dem bekanntesten Märtyrer der Christenheit zu vergleichen. Stefan würde doch nach dem ersten Stein, der ihn traf, um Gnade winseln und alles widerrufen. Oder steckte hinter dieser gleichgültigen Fassade eine innere Kraft, die er bisher nur nicht wahrgenommen hatte? Eine Heiligkeit, die zugedeckt war von Spott und Unsicherheit? Und die Hirten bei Bethlehem? Das waren doch ziemlich ungehobelte Burschen und trotzdem waren sie wichtige Figuren in der Weihnachtsgeschichte.

Impulsiv drehte sich Ben um und floh aus der Kirche. Er suchte nach einer Bar und bestellte sich einen starken, griechischen Kaffee.

Aber, es war kaum zu glauben, obwohl er jetzt durch den Lärm der Autos und dem Schreien der Händler abgelenkt war, sozusagen umhüllt wurde von lauter profanen Bildern, wurde er das Bild des „Agios Stephanos“ nicht mehr los und diesen völlig unlogischen Satz: „Stefan ist ein Heiliger. Wusstest du das?“

Wie eingebrannt in sein Gehirn.

Ben zahlte und ging in Gedanken versunken zurück zu seinem Hotel und suchte Sonja und Stefan am mittlerweile leeren Strand. Schließlich fand er seine Frau auf einer Liege neben einem Felsen.

„Wo ist Stefan?“, fragte er.

Sonja sah ihn prüfend an, weil die Frage ohne den bisher üblichen vorwurfsvollen Ton gestellt war.

„Er spielt Volleyball mit ein paar Leuten.“

„Hoffentlich hat er die Sonnenmilch genommen.“ Auch dieser Satz ohne polemische Untertöne. Ben wunderte sich selbst über diese neue Zuneigung, die er nicht verstand. Vaterliebe? Gefühlsausbrüche im Urlaub?

Als er langsam zu dem Spielfeld hinüberschlenderte, das er bereits am Vortag entdeckte hatte, blieb er zunächst im Hintergrund stehen und sah den Spielern eine Weile zu. Und es kam ihm vor, als schwebte über Stefans Kopf ein Heiligenschein wie bei den Figuren auf den Weihnachtsbildern. Aber das musste wohl mit der Sonne zusammenhängen, mit dieser kretischen Wintersonne.

7 HERODES ERSCHRAK

Herodes erschrak und ganz Jerusalem mit ihm
(Matthäus Evangelium 2,3)

Sie finden das ein bisschen übertrieben, dass eine ganze Stadt erschrecken kann? Ich finde das gar nicht übertrieben, weil ich König Herodes kenne – Herodes, den Großen. Na ja, groß im Sinne von viel Macht und viele Bauwerke, aber nicht, weil er so großartig ist.

Jedenfalls, wenn so jemand „Großes" erschrickt, dann ist was los, sage ich Ihnen. Der Mann ist ja so was von unberechenbar. Er lässt seine Geliebte ermorden, nur, weil jemand ein Gerücht in die Welt gesetzt hat, sie hätte sich einen Liebhaber zugelegt – was gar nicht stimmte.

Oder: Er lässt, ohne mit der Wimper zu zucken, seine beiden Söhne umbringen. Warum? Sie waren jüdischer als er, weil sie eine jüdische Mutter hatten und er fürchtete um seinen Thron als König der Juden. Er selbst war nämlich kein astreiner Jude, nur ein Idumäer, ein Mann aus einem unserer Nachbarvölker. Früher nannten wir sie Edomiter.

Wenn so jemand erschrickt, dann ist was los: nächtliche, sinnlose Durchsuchungen, willkürliche Gefangennahmen, Straßensperren, Verschwinden von Leuten, plötzliche Todesfälle, Steuererhöhungen. Da kann man als Bewohner Jerusalems schon das Zittern kriegen. Man geht an solchen Tagen, wenn Herodes erschrickt, am besten gar nicht aus dem Haus.

Ach ja. Ich habe Ihnen ja noch gar nicht erzählt, warum er überhaupt erschrocken ist. Das kam von diesen Ausländern aus Persien, die plötzlich vor dem Königspalast standen. Sie stammten aus Ekbatana, aus dem persischen Hochgebirge, wo die Luft klar und rein ist und der Sternenhimmel so aussieht, als ob er auf einen herabfällt. Jedenfalls erklärten sie auf griechisch – sehr gepflegte Aussprache übrigens – sie seien gekommen, um dem neuen jüdischen König zu huldigen.

Da war was los, kann ich Ihnen sagen. Die Herren mit ihren Kamelen hatten keine Ahnung, dass sie in ein Wespennest gestochen hatten.

Herodes war ja in den letzten Jahren immer misstrauischer geworden. Überall meinte er Feinde zu sehen, die ihn von seinem Thron verjagen wollten.

Selbst ich kam mal kurz in Verdacht, was natürlich lächerlich ist. Ich bin Mundschenk am Hof und darf in der Nähe des großen Herrn verweilen. Beneiden Sie mich nicht. Denn Herodes stinkt entsetzlich. Nicht nur nach Geld, sondern wirklich. Er hat irgendeine Magenkrankheit oder unsichtbare Geschwüre und schüttet sich mit Wohlgerüchen zu, wenn er Gäste empfängt. Aber ich sehe und rieche ihn ja jeden Tag, muss ihn ertragen und ihm die Speisen reichen, die ich vorher gekostet habe, weil er natürlich denkt, man will ihn vergiften.

Einmal wurde es einer Frau schlecht, die neben ihm saß und er hörte sofort mit Essen auf und blickte mich vernichtend an.

„Was hast du angestellt, du Wurm!", brüllte er. „Du willst mich vergiften! Wer hat dich bestochen?" Dabei war der Frau nur schlecht geworden, weil Herodes so stank, aber das konnte sie ihm natürlich nicht sagen. „Entschuldige, Majestät, du stinkst, darum ist mir schlecht geworden!" Dann hätte er vollends die Beherrschung verloren. Die Frau hat dann alles Mögliche unternommen, um ihn zu beruhigen, dass es nicht an den Speisen gelegen habe und so weiter.

Ich habe Blut und Wasser geschwitzt.

Jedenfalls, Herodes erschrak gewaltig. Was wird er unternehmen, dachten wir alle. Die Straßen wurden wie durch Zauberhand leer. Nachdem verschiedene Tonschalen in seinen privaten Gemächern zu Bruch gegangen waren, beruhigte er sich allmählich und lud die Männer zu einer Audienz ein, das heißt zu einem großen Essen.

Ich hatte einiges zu tun. Diesen Teil meiner Arbeit finde ich ganz angenehm. Was ich da manchmal zu essen bekomme! Äpfel aus dem Norden, Fasane, eingelegte Rinderfilets in saurer Kamelmilch und Kokosmehl ...

Und natürlich den Wein und zwar unverdünnt. Wir verdünnen ja normalerweise immer den Wein mit Wasser, nur bei ganz großen Festen darf man dann mal einen Schluck pur probieren, aber bei Herodes wird nichts verdünnt. Ich bin inzwischen fast zu einem Weinkenner aufgestiegen und kann ganz gut die Sorten unterscheiden.

Aber zurück zur Audienz.

Nachdem man die üblichen Höflichkeiten ausgetauscht hatte, wurde Herodes direkt ein wenig leutselig.

Wie sie überhaupt auf die Idee kämen, dass ein neuer, jüdischer König erschienen sei, fragte er sie so freundlich, dass mir fast schlecht wurde.

„Der helle Stern", sagten sie, „das Zusammentreffen von Saturn und Jupiter zweimal in diesem Jahr, das ist ungewöhnlich. Und die dritte Begegnung steht ja noch aus."

Der Königsstern und der Stern der Juden lassen eben auf einen neuen, jüdischen Herrscher schließen, vielleicht sogar auf den König des Lichts, so erklärten sie, auf den auch sie warteten. Und warum sollte er nicht in Judäa geboren werden? Sie seien Anhänger des großen Zarathustra, dem Propheten des göttlichen Lichts.

„Ach so", sagte Herodes herablassend, „ja, von dem Stern haben wir alle hier gehört. Der helle Punkt am Himmel war ja nicht zu übersehen. Und natürlich ist damit der große Augustus gemeint, dem ja auch die Juden untertan sind."

Wenn auch zwangsläufig, dachte ich.

„Aber", schmatzte er, „falls ja doch etwas dran sein sollte, dass ein neuer, jüdischer Herrscher erschienen ist, dann lasst es mich wissen. Ich möchte ihm selbstverständlich auch meine Ehre erweisen."

Fast hätte ich mich verschluckt, weil ich wusste, wie das aussehen würde, dieses „Ehre-erweisen". Zwei Soldaten würden den Eltern die Ehre erweisen und den Sohn umbringen.

Das sei ja gerade der springende Punkt, meinte einer der Männer. Sie wüssten nicht, wo der neue Herrscher wohne. Natürlich dachten sie, hier im Königspalast, aber ...

Ob es denn irgendwelche Hinweise aus den heiligen Schriften der Juden gäbe, fing ein anderer an. So ein gewaltiges Ereignis müsste doch vorhergesagt worden sein.

„Ja, ja", nickte Herodes und kratzte sich in der Leiste. „Ich werde meine Gelehrten fragen, dann sehen wir weiter."

„Am besten, wenn es dem König gefällt, so schnell wie möglich", meldete sich der erste wieder. „Wir wollen keine Zeit verlieren, denn die Reise war lang und entbehrungsreich."

Herodes nickte verständnisvoll. Gleich heute Nacht würde er die Gelehrten zusammenrufen und morgen früh wüssten sie Bescheid.

Das sei sehr zuvorkommend, sagten die Männer und lächelten.

Herodes konnte es kaum erwarten, die Gäste in ihre Zimmer zu verabschieden. Sobald sie gegangen waren, ließ er alle Gelehrten, die er auftreiben konnte, zu sich rufen. Man holte sie aus den Betten, von Empfängen, aus den Umarmungen ihrer Frauen.

Zitternd vor Angst trafen sie ein. Ich hielt mich natürlich in ihrer Nähe auf, weil ich wissen wollte, was jetzt passierte.

Der König schwitzte und seine Stimme klang heiser vor Aufregung.

Er erklärte ihnen alles und sagte: „Und nun in meine Bibliothek mit euch. Bis morgen früh brauche ich Ergebnisse."

Ich spürte die Erleichterung der Männer, dass es sich nur um eine Recherche handelte. Sofort, noch auf dem Weg zur Bibliothek, fingen sie an zu diskutieren. „Der Stern Jakobs", sagte einer mit einer gebrochenen Nase, „die Bileamprophezeiung!"

„Oder“, rief ein anderer, *„ein Prophet wie Mosche ...* und denkt an die Königspsalmen ...“

Die Männer verschwanden in der Bibliothek. Ich habe mal früher einen Blick hineingeworfen. Zufällig. Überall Regale, voller Schriftrollen, sauber aufgereiht und seltsame Zeichen an den Brettern.

Ich bin dann aber schlafen gegangen, für mich gab es nichts mehr zu tun. Bin jedoch schon früh wieder erwacht. Ich musste ja das Frühstück vorkosten.

Was ich mitbekam, war dann Folgendes: Sie hatten den Propheten Micha ausgegraben und dass er geschrieben hatte, in Bethlehem, der alten Davidstadt, sollte ein bedeutender Herrscher geboren werden, der jüdische Messias, ein Davidsohn.

Sobald die Herren aus Persien das wussten, zogen sie los, und in dieser Nacht sah man die dritte Begegnung von Jupiter und Saturn als hellen Stern am Himmel stehen.

Für die Sterndeuter ein klares Zeichen, dass sie sich auf der richtigen Spur befanden.

Aber ich kann mich an keinen Königspalast in Bethlehem erinnern. Überhaupt – Bethlehem! Ein Kaff. Heutzutage völlig bedeutungslos. Schon der Name:

Beith le Chäm: Haus des Brotes, oder Brothausen. Was soll man da Großes erwarten?

Aber neugierig, wie ich nun einmal bin, habe ich ein paar Wochen später zwei Tage frei nehmen können. Meine Mutter liege im Sterben, habe ich gesagt und ich müsste sie dringend besuchen. Dabei ist sie schon vor zwei Jahren gestorben.

Aber egal – weiß ja keiner – interessiert auch keinen – ich jedenfalls wollte nach Bethlehem.

Immer noch waren viele Leute unterwegs, wegen dieser Volkszählung, aber ich habe es geschafft, war vor Ort, habe mich durchgefragt.

Und was soll ich Ihnen sagen? Ich habe herausgefunden, dass ein kleiner Junge vor ein paar Wochen in einer Stallhöhle geboren worden war, von Leuten, deren Vorfahren aus Bethlehem stammten. Natürlich waren noch mehr Kinder geboren worden, aber nur vor dieser Stallhöhle hatten die Perser Halt gemacht.

Ich war geplättet. Ein neuer, großer Herrscher in einer muffigen Höhle geboren? Verrückt!

Wenn das alles stimmte, dann hatten sich entweder die Fremden geirrt oder die Gelehrten, oder unser Gott hat einen besonderen Sinn für Humor. Er lässt unseren Messias, den König des Lichts, in einem dunklen Loch zur Welt kommen. Und das bedeutet doch: Er soll ganz unten anfangen mit seiner Karriere. Ein König, der weiß, wie das Leben der einfachen Leute aussieht. Dem man nichts vormachen kann. Eigentlich ein guter Gedanke.

Bin gespannt, ob ich von diesem Kind in nächster Zeit noch etwas hören werde. Man sagt, die Eltern seien zusammen mit ihm geflohen, weil Herodes wieder getobt hatte. Die Perser haben ihn nämlich links liegen lassen und seien wieder in ihre Heimat gezogen, ohne Herodes Bericht zu erstatten.

Daraufhin hatte er alle Neugeborenen aus der Gegend umbringen lassen. Typisch Herodes. Der Mann ist ein echtes Ekel.

Ich würde mich jedenfalls freuen, wenn dieses Kind einmal ganz groß rauskommen würde. Ein König, der aus dem einfachen Volk stammt, den der Himmel angekündigt hat, vor dem selbst Könige wie Herodes erschrecken und der fremde Gelehrte anzieht.

Ich werde in zwanzig Jahren alle Nachrichten verfolgen, wenn ein ungewöhnlicher Mann von sich reden macht. Diesen Mann will ich dann kennenlernen, falls ich dann noch lebe.

* * *

8 HEILIGABEND

Margot hasste Weihnachten und das ganze Drumherum. „Aufgesetzte Feierlichkeit“, sagte sie, „ist doch alles nur Geschäftemacherei und Glücksgefühle auf Befehl.“

Ab dem zwanzigsten Dezember versank ihre normale Stimmung regelmäßig in einem See aus unterdrücktem Zorn auf alles, was mit Weihnachten zu tun hatte.

Wenn sie einkaufen musste, nahm sie ihr Smartphone mit, steckte die Stöpsel in die Ohren und stellte ihre Lieblingsmusik an, um das „kitschige Gedudel“ nicht anhören zu müssen.

Ihre Familie hatte sich im Laufe der Jahre zwar halbwegs daran gewöhnt, aber Felix, ihr Mann und die Zwillinge Charly und Lena verdrehten jedes Mal die Augen, wenn Margots „Weihnachtskrankheit“ begann und sahen sich vielsagend an.

Auch die verschiedensten „Heilmittel“ gegen den Weihnachtsfrust ihrer Mutter hatten sie schon durchprobiert: einen Adventskranz mit sechs Kerzen, bei dem man nur vier anzündete oder einen stilisierten Tannenbaum aus Draht. Als das nichts nützte, hatten sie sämtliche Kerzen aus dem Wohnzimmer verbannt, keinen Christbaumschmuck an den Baum gehängt und einen Kamin installiert. Aber auch das hatte Margots Weihnachtsfrust nicht zum Schmelzen gebracht. Einmal hatten sie ihretwegen auf den Adventskranz und den Baum ganz verzichtet, aber es machte sie selber so traurig, dass sie Baum und Kranz wieder einführten. Allerdings blieb der Baum schmucklos. Geschenke wurden auf das Nötigste reduziert, an eine Krippe war gar nicht zu denken.

Sie hatten gemeinsam versucht, herauszubekommen, woran es lag, dass Margot vor Weihnachten in diesem Elend versank, aber es gab scheinbar keinen Grund, oder Margot wollte ihn nicht sagen. „Lasst mich in Ruhe mit eurem therapeutischem Getue!", rief sie dann.

Auch sonst schien Margot das Leben nicht besonders viel Spaß zu machen, sie war eher der ernste Typ. Nur fiel es sonst nicht so auf. Umso erstaunlicher war es, dass ihre Kinder ganz fröhliche Genossen waren und ihr Mann in seiner Gutmütigkeit Margots üble Launen mit Humor wegsteckte und einmal sogar sagte: „Du hast ja zum Teil Recht, Margot. Weihnachten ist ein riesiges Geschäft. Ja, es gibt viele unechte Gefühle und trotzdem: Weihnachten ist einfach etwas Besonderes. Man erinnert sich doch daran, dass Gott auf diese Welt kam."

Aber das hätte Felix nicht sagen dürfen. Für Margot eine Steilvorlage.

„Was?", quakte sie. „Weihnachten ein christliches Fest? Das ist ein heidnisches Datum: Sonnenwende, Fest des Sonnengottes, das wurde nur nachträglich verchristlicht."

„Trotzdem", fuhr Felix unbeirrt fort, „ist es doch schön, an den Tagen, in denen das Licht wieder zunimmt, an Gottes Licht zu denken. Man kann das Besondere von Weihnachten einfach nicht mit Worten beschreiben ..."

„Genau!", giftete sie zurück. „Man kann diesen Schwachsinn eben nicht beschreiben. Ich könnte zum Terroristen werden und alle Weihnachtsbäume, Weihnachtsmänner und Weihnachtsbeleuchtungen in die Luft sprengen!"

Kopfschüttelnd verließ Felix das Wohnzimmer, in dem ein schmuckloser Baum auf seinen Schmuck wartete und nicht ahnte, dass er auch am vierundzwanzigsten noch so dastehen würde, wie Gott ihn geschaffen hatte.

Nun hatte es in diesem Jahr zum Leidwesen Margots am zwanzigsten Dezember richtig geschneit, nachdem ein klirrender Frost Einzug gehalten hatte.

Ein blauer Bilderbuchhimmel spannte sich über die weiße Stadt und schuf eine romantische vorweihnachtliche Atmosphäre, wie es sie schon lange nicht mehr gegeben hatte.

Wenn man abends unter einem klaren Sternenhimmel durch die Straßen ging und die vielen beleuchteten Gärten und Fenster sah, wurde es einem warm ums Herz. Nur Margots Herz schien davon unberührt zu bleiben. Sie schimpfte auf den Schnee, auf die Bilderbuchromantik und eigentlich auf alles.

Als sie am einundzwanzigsten Dezember im Supermarkt einkaufen ging und hinterher mit ihrem Einkaufswagen einen Mann streifte, der eben einen Baum zum Auto brachte, sagte der gut gelaunt: „Vorsicht, Weihnachtsbaum!"

Sie drehte sich wütend nach ihm um und schrie: „Passen Sie doch auf, Sie Idiot und stecken Sie sich Ihren Baum sonst wohin!"

Der Mann stellte den Baum ab, drehte sich überrascht um und betrachtete die Frau, die statt guter Laune einen Hass versprühte, mit dem er nicht gerechnet hatte.

„Was für eine Laus ist Ihnen denn über die Leber gelaufen? Weihnachtsstress, was?"

„Ach, fahren Sie doch zur Hölle mit ihrem verständnisvollen Gelaber!"

„Den Gefallen werde ich Ihnen nicht tun", sagte er und wurde mit einem Mal ganz ernst. „Sie sind selber auf dem besten Weg dahin, merken Sie das nicht?"

Er packte den Baum, ging zu seinem Combi und öffnete den Kofferraum.

Margot tippte sich an die Stirn, fuhr mit Ihrem Einkaufswagen in die entgegengesetzte Richtung und verstaute ihre Einkäufe im Auto.

Ein paar Sekunden lang blieb sie hinter dem Steuer sitzen, ohne den Motor zu starten und dachte: *Bin ich wirklich auf dem besten Weg in die Hölle? Warum reizt mich dieses verdammte Fest jedes Jahr neu und macht aus mir ein Ungeheuer?*

Aber so sehr sie hin und her überlegte. Sie wusste es nicht.

Abends, als sie in ihrem Bett lag, sie und Felix schliefen getrennt, starrte sie nach dem Löschen des Lichts gegen die Decke, die von Straßenlaternen und dem Schnee einen blassen

Schimmer aufgefangen hatte und grübelte über ihre Weihnachtskrankheit nach. Aber ihre Gedanken bewegten sich im Kreis. Schließlich schlief sie ein.

Mitten in der Nacht erwachte sie und musste sich erst orientieren, wo sie war. Sie lag seltsamerweise nicht in ihrem Zimmer, so viel stand fest. Es war definitiv ein anderes Zimmer. Der Schrank war verschwunden und über die Decke liefen dicke Holzbalken. Eine Kette klirrte irgendwo, und jemand Schweres ging hin und her.

Wo bin ich? überlegte sie. *Bin ich im Schlaf gewandelt und liege in einem fremden Bett?*

Während sie noch darüber nachdachte, sah sie neben ihrem Bett eine quadratische Linie auf dem Boden, die leuchtete. Vorsichtig stand sie auf, um sich das Leuchtquadrat genauer anzusehen. Dann merkte sie, dass im Boden eine Falltür eingelassen worden war, unter der offensichtlich ein Licht schien, das durch die Ritzen schimmerte.

Ein eiserner Ring war gerade noch im Halbdunkel zu erkennen. Probehalber zog sie daran. Die Falltür ließ sich leicht öffnen und sie sah Treppen, die in einen Raum hinabführten, den man von hier aus nicht sehen konnte. Nur ein gelbes, flackerndes Licht ließ einen Raum darunter erahnen. Das Leuchten musste von daher stammen. Sie klappte die Falltür ganz auf, die senkrecht stehenblieb, gehalten von zwei Metallarmen, und blickte noch einmal hinunter. Und auch jetzt konnte man den Raum darunter nicht sehen. Denn die Stufen führten um eine Kurve herum.

Langsam richtete sie sich wieder auf und blickte sich in dem fremden Zimmer um. Auf einem Stuhl neben dem Bett sah sie seltsamerweise ihre Kleider liegen, obwohl das Zimmer ein anderes war. Rasch zog sie die Jacke über, schlüpfte in ihre Hosen, zog Socken an, streifte die Hausschuhe über und wollte untersuchen, was es da unten zu sehen gab.

Vorsichtig, als traute sie der Festigkeit der Stufen nicht, stieg sie abwärts.

Die Treppe schwang sich, wie vermutet, um eine Kurve. Je weiter sie hinab führte, desto wärmer wurde es. Margot hörte jetzt auch Geräusche: Lärm und Stimmengewirr, als ob viele Menschen zusammen waren und sich laut unterhielten. Zwischendurch schrie jemand.

Der Gang wurde enger, es ging noch einmal um eine Kurve, und jetzt betrat sie einen großen Saal, in dem ungefähr ein fünf Meter hohes Feuer brannte und eine große Hitze verbreitete. Die Luft wirkte verbraucht und roch ein wenig nach vergammeltem Kohl.

Den Leuten aber schien das nichts auszumachen. Sie standen in Gruppen zusammen mit halbgefüllten Gläsern in der Hand und unterhielten sich lautstark.

Eine Frau im Bikini, die sich um die Hüften ein Tuch geschlungen hatte, kam auf Margot zu und drückte ihr ein Glas mit irgendeiner grünen Flüssigkeit in die Hand.

„Hier, du Schnepfe!“, sagte sie mit ausdruckslosem Gesicht.

„Was findet denn hier statt?“, fragte Margot, leicht irritiert über die Anrede.

„Was soll hier schon stattfinden? Wir tauschen unsere Meinungen aus.“

„He! Rüdiger“, rief sie in die Menge, „ein Neuzugang!“

Ein Mann mit gerötetem, aufgeschwemmtem Gesicht und einem lächerlichen Bart, der sich büschelweise nur an den Wangen und unter dem Kinn gebildet hatte, kam herüber und nickte genervt in Margots Richtung.

„Hallo! Na, was ist denn oben so los?“, fragte er mit gespieltem Interesse.

Margot, die froh war, etwas sagen zu können, zog ihre Jacke aus und antwortete: „Es ist kurz vor Weihnachten und ich bin wie jedes Jahr völlig genervt!“

In Rüdigers Augen trat ein winziger Funken von Interesse, und er klopfte Margot so kräftig auf den Rücken, dass ihr fast das Getränk aus der Hand fiel. „Recht so. Ich habe Weihnachten immer gehasst. Ein dämliches Fest.“

Margot freute sich, dass es jemanden gab, der ihr endlich einmal Recht gab, und sie ließ ihren ganzen Frust über das jährliche Fest ab und über die sinnlosen Bräuche. Es tat richtig gut, so richtig zu lästern, vor allen Dingen, weil noch andere dazu kamen und sie dabei kräftig unterstützten.

Da die Lautstärke zunahm und eine Musik im Hintergrund spielte, die sich nach einer Mischung von Wimmertönen mit dröhnenden Bässen anhörte, musste Margot immer lauter reden, bis sie ihre Sätze nur noch brüllen konnte.

„Was machen Sie denn sonst so den ganzen Tag?“, schrie sie nach einer Weile.

Zwei Frauen sahen sich an und schüttelten den Kopf über die unsinnige Frage.

„Was wir machen?“, brüllten sie zurück. „Wir machen das, was wir jetzt machen: Wir werfen uns unsere Meinungen an den Kopf und das schon jahrelang, zwischendurch gibt es etwas zu essen. Das Blöde daran ist nur, dass es immer wärmer wird und die Füße trotzdem kalt bleiben.“

„Und was ist mit Schlaf?“

„Geht hier nicht. Aber wir haben uns angewöhnt, uns zwischendurch im Stehen auszuruhen.“

„Aha.“

Margot war nicht begeistert von diesen Aussichten. Auf einen guten Schlaf wollte sie nicht verzichten und nahm sich vor, demnächst wieder nach oben zu gehen.

„Man sieht sich“, sagte sie, leerte ihr Getränk, das nach lauwarmem Gurkensaft mit Zimt schmeckte, schüttelte sich vor diesem Geschmack und suchte nach der Treppe.

Aber obwohl sie eine halbe Stunde danach suchte, fand sie keine einzige Stufe. Endlich entdeckte sie Rüdiger und brüllte in sein Ohr: „Wo ist denn die Treppe nach oben?“

„Die Treppe nach oben? Tja, das ist eines dieser Märchen, die sich hier unten verbreiten. Immer wieder kommen Leute damit an und behaupten, es gäbe eine Treppe nach oben. Ich hab sie aber noch nie gesehen!“

„Aber ich bin doch heruntergekommen."

„Wir sind alle hier ziemlich heruntergekommen", sagte er und lachte, dass Margot eine Gänsehaut bekam.

Und gerade, als eine Welle von Panik und Angst sie überfluten wollte, durchfuhr sie ein kräftiger Ruck: Sie wachte auf und fand sich in ihrem Bett und in ihrem Schlafzimmer wieder.

Sie blickte auf ihren Wecker und sah, dass es kurz vor neun Uhr war und eine blasse Helligkeit ihr Zimmer erfüllte. Sie schaute sich zögernd um.

Nun standen auch wieder die Möbel da.

Sie blieb ein paar Augenblicke liegen und dachte über ihren Traum nach, der so real gewesen war, dass sie nicht wusste, ob es wirklich nur ein Traum gewesen war. Aber eine andere Erklärung gab es nicht.

Sie schauderte, als sie daran dachte, in diesem schwülen Raum mit der abgestandenen Luft Jahre ihres Lebens zubringen zu müssen, ohne schlafen zu können und ohne einen Augenblick Ruhe zu haben.

„Bin ich froh", flüsterte sie, „dass es nur ein Traum war."

Noch etwas benommen stand sie auf und war plötzlich überrascht von der Stille, die sie umgab. Von Ferne hörte sie ein Auto, aber der Schnee verschluckte alles.

Sie zog die Vorhänge zur Seite und sah eine Winterszene vor sich, von Straßenlaternen beschienen, die einen kühlen erfrischenden Eindruck auf sie machte.

„Herrlich!", flüsterte sie und ging in die Wohnküche.

Ihre Familie hatte schon das Frühstück gemacht und begrüßte sie verhalten.

Margot bedankte sich artig, was erstaunte Blicke hervorrief, setzte sich an ihren Platz und aß in Gedanken, während die Zwillinge sich über irgendwelche Computerspiele unterhielten und ihr Mann in der Zeitung blätterte.

„Wir haben das Meiste vorbereitet", sagte Felix plötzlich. „Du brauchst dir wegen der Weihnachtsdinge keine Gedanken zu machen, wenn du das Essen kochst, machen wir alles Übrige."

„Gut!“, nickte sie. „Danke!“

Die Zwillinge blickten sich an. „Geht es dir gut, Mama?“, fragte Charly.

„Ja, doch. Ich bin froh, dass es so ruhig ist und dass Schnee draußen liegt. Irgendwie kühl und erfrischend.“

„Aha!“

„Na, ich mach mich mal fertig“, sagte sie und räumte ihr Geschirr in die Spülmaschine.

Der Tag nahm seinen Gang. Ganz konnte sie sich aus dem Vorweihnachtstreiben nicht herausziehen. Es gab Telefonanrufe, Leute, die an der Tür für irgendwelche Hilfswerke sammelten und Reklame flatterte ins Haus für die, die bis jetzt noch keine Geschenke gefunden hatten. An Margot prallte das alles ab. In Gedanken war sie noch bei ihrem seltsamen Traum.

Abends gab es eine verspätete Adventsfeier ihres Vereins und gegen elf zog sie sich in ihr Zimmer zurück und war bald eingeschlafen.

Wieder wachte sie in der Nacht auf. Diesmal lag sie nicht in einem Bett, sondern stand schon in dem warmen Raum mit dem großen Feuer, wieder umgeben von vielen Leuten, die sich gegenseitig anschrien und wieder mit einem Getränk in der Hand.

Rüdiger kam auf sie zu.

Wenigstens ein bekanntes Gesicht, dachte sie.

„Na, was ist denn oben so los?“, fragte er mit gespieltem Interesse.

Margot, die es seltsam fand, dass er das Gleiche wie gestern fragte, antwortete: „Es ist kurz vor Weihnachten und ich bin wie jedes Jahr … ähm ein bisschen im Weihnachtsstress!“

In Rüdigers Augen trat ein winziger Funken von Interesse und er klopfte Margot wieder so kräftig auf den Rücken, dass ihr fast das Getränk mit dem lauwarmen Gurkensaft aus der Hand fiel. „Recht so. Ich habe Weihnachten immer gehasst. Ein dämliches Fest.“

Seltsam, diesmal stand sie gar nicht mehr unter dem Druck, über Weihnachten herziehen zu müssen, stattdessen sagte sie: „Es hat geschneit und eine schöne frische Luft ist draußen."

„Frische Luft?", wiederholte Rüdiger. „Ist ja eklig. Da lobe ich mir unsere angenehme, würzige Wärme hier unten. Warten Sie nur ab, nach ein paar Jahren gewöhnen Sie sich daran und die frische Luft finden Sie unangenehm."

Da es immer lauter wurde und eine Musik im Hintergrund spielte, die sich nach einer Mischung von Wimmertönen mit dröhnenden Bässen anhörte, musste Margot immer lauter reden, bis sie ihre Sätze nur noch brüllen konnte.

Schließlich probierte sie es noch einmal mit der Frage von gestern, es schien sich ja sowieso alles zu wiederholen. „Wo ist denn die Treppe nach oben?"

„Die Treppe nach oben? Tja, das ist eines dieser Märchen, die sich hier unten verbreiten. Immer wieder kommen Leute damit an und behaupten, es gäbe eine Treppe nach oben. Ich hab sie aber noch nie gesehen!"

„Aber ich bin doch heruntergekommen."

„Wir sind alle hier ziemlich heruntergekommen", sagte er und lachte, dass Margot eine Gänsehaut bekam.

„Aber", sagte er, „es gibt zumindest eine Treppe nach unten. Vielleicht ist da auch ein Aufzug. Kommen Sie mal mit, ich zeig sie Ihnen."

Er fasste sie unter dem Ellenbogen, zog sie durch die Masse der Leute, bog um eine Säule und öffnete eine Tür.

„Sie können sich ja mal umsehen", meinte er und als Margot zögerte, gab er ihr einen sanften Stoß, sodass sie die Stufen hinunterstolperte. Als sie sich gefangen hatte und schließlich stehen blieb, bemerkte sie, dass die Tür hinter ihr ins Schloss fiel und gleichzeitig verschwand, als sei sie nie dagewesen.

Es blieb Margot nichts anderes übrig, als weiter nach unten zu gehen. Am Ende der Treppe, befand sie sich in einem kleineren Saal, auch übervoll mit Menschen. Ein riesiges Feuer brannte. Sobald ein Mann sie sah, kam er auf sie zugestürzt, hakte sich bei ihr ein und zog sie in einen Kreis von Leuten, die sich ständig um sich selbst drehten und hysterisch lachten auf eine unangenehme Weise, wie Margot fand ...

Das Drehen hörte nach einiger Zeit auf und Margot fragte: „Was machen Sie eigentlich den ganzen Tag?"

„Das sehen Sie doch, Sie dämliche Kuh!", rief eine Frau. „Wir drehen uns die ganze Zeit um uns selbst."

„Schon lange?"

„Jahrelang."

„Und schlafen?"

„Ist nur was für Faulenzer. Wir sind aktiv, dynamisch und haben Freude am Leben."

„Ich möchte aber doch wieder nach oben", sagte Margot.

„Eine Treppe nach oben gibt es nicht", erwiderte die Frau und tippte sich an ihre Stirn. „Aber eine Treppe nach unten, soll ich Ihnen die zeigen?"

Wieder stieg Panik in Margot auf, erneut durchzuckte sie ein Ruck, und sie erwachte.

Ihr Herz raste und sie lag schweißgebadet unter ihrer Decke.

„Wenn dieser Traum sich weiter fortsetzt", flüsterte sie, „dreh ich noch durch."

Sie blickte sich um. Draußen war es dunkel. Die Leuchtziffern ihres Weckers zeigten auf sieben. Im Haus war es ruhig. Die anderen schliefen wohl noch. Sie duschte, genoss das klare Wasser, zog sich an und ging in das dunkle Wohnzimmer. Der ungeschmückte Baum stand vor einem der Fenster und blickte sie stumm an.

Sie schob die Vorhänge zur Seite und betrachtete die verschneite Straße. Ein Stern war noch zu sehen und ein halber Mond. Aber am Horizont zeigten sich schon orangefarbene Streifen.

Langsam schlenderte sie in die Küche, machte Kaffee und stellte das Frühstück auf den Tisch.

Als sie den ersten Schluck Kaffee trank, wurde ihr wieder die Stille bewusst und sie wunderte sich, dass sie nie über Stille nachgedacht hatte. Stille war für sie bisher nur die Abwesenheit von Lärm gewesen. Jetzt merkte sie, dass diese Morgenstille eine eigene Qualität hatte und in ihr stieg ein erleichterndes Gefühl auf, das ihr noch ein wenig fremd vorkam. Ein Gefühl, das von unten gegen ihre Kehle drückte und herauswollte. Sie ließ es zu und merkte, dass sie laut lachte.

Aber es war ein anderes Lachen als sonst. Leichter, befreiter, fremder. Komisch, dachte sie, habe ich bisher nicht richtig gelacht? Habe ich vielleicht das Geräusch nur imitiert?

Von oben hörte sie Schritte, und aus einem der Zimmer im Erdgeschoss kam Felix.

„Du bist schon auf", stellte er fest.

„Ja, ich … ähm … genieße die Stille. Ist mir vorher nie so aufgefallen."

Draußen wurde es allmählich hell, es war der Dreiundzwanzigste. Margot ging ihre Einkaufslisten durch, machte ihre Besorgungen und merkte: Je näher der Abend heranrückte, desto nervöser wurde sie. Sie wollte heute Nacht nicht mehr in diesen furchtbaren Traum zurück, aber irgendwann musste sie ja schlafen.

Als sie schließlich gegen zwölf im Bett lag, nahm sie ein Buch, um sich wach zu halten, aber das Buch war nicht spannend genug und ohne, dass sie es merkte, schlief sie bei eingeschalteter Nachttischlampe ein.

Sofort befand sie sich wieder in dem zweiten Raum. Als sei der Traum ein Film, der nur kurz unterbrochen gewesen war. Das Feuer brannte und die Leute drehten sich um sich selbst. Manche ruhten sich gerade kurz aus, aßen eine Kleinigkeit und warfen sich erneut in die Runde.

Margot bewegte sich unauffällig von den Tanzenden fort in den Hintergrund. Wie kam sie nur aus diesem Alptraum heraus? Sie tastete die Wände ab, um vielleicht doch noch eine verborgene Tür zu finden.

„Mein Gott, ich will hier raus!", flüsterte sie und erschrak, denn jemand packte ihre Hand.

Sie wirbelte herum und sah eine Gestalt in einen dunklen Mantel gehüllt.

„Halte dich gut fest“, flüsterte die Stimme, „dein Gebet wurde eben erhört!“

Sie versuchte die Gestalt deutlicher zu sehen. Aber ein Gesicht konnte sie nicht erkennen.

„Ich musste mich hier etwas verkleiden“, fuhr die Stimme fast entschuldigend fort.

„Wer bist du? Wo bringst du mich hin?“, fragte Margot.

„In den Stall. Ich bring dich in den Stall zurück.“

„In den Stall? Aber ich war in keinem Stall!“, warf Margot ein.

„Doch“, flüsterte die Stimme „ganz am Anfang warst du in einem Stall. Erinnerst du dich nicht an die Holzbalken unter der Decke und die Falltür? Erinnerst du dich nicht an das Klirren einer Kette und das Stampfen von Hufen?“

„Ja“, nickte sie, „ja, ich erinnere mich. Das ist gut. Gehen wir in den Stall zurück.“

Der Verkleidete führte sie um eine Ecke und da waren tatsächlich Stufen, die vor einer Tür endeten. Eine Tür ohne Klinke.

Ihr Begleiter machte sich am Schloss zu schaffen, drückte mit seiner Schulter gegen die Tür. Sie flog auf und Margot wollte schon hindurchgehen, da schrie jemand: „Eine offene Tür. Jemand verlässt uns!“

Aber bevor die Drehtänzer sie erreichen konnten, zog der Mann Margot durch die Tür und warf sie ins Schloss. Es donnerte ein bisschen, dann hörte man den Lärm von Stimmen und Musik.

„Hier entlang!“, sagte ihr Begleiter und zog Margot zu einem steinernen Bogen, hinter dem sich wieder Stufen befanden. Aus der Ferne hörte sie die bekannte scheußliche Musikmischung.

„Schnell hinauf!“, flüsterte er. Margot beeilte sich und sah am Ende der Stufen wieder eine Tür ohne Klinke.

„Diese Türen kann man eigentlich nur von der anderen Seite

öffnen. Aber ich habe einen speziellen Schlüssel. Er zog einen Schlüssel aus der Tasche seines Umhangs, steckte ihn in das Schloss und öffnete auch diese Tür.

Plötzlich brüllte eine Stimme: „Margot! Was machen Sie? Man darf hier nicht einfach so weg!"

Margot drehte sich um und erkannte Rüdiger. Sein Gesicht war noch roter als vorher und seine wenigen Haare klebten wie gemalt an seinem Schädel.

„Schnell!", rief Margots Begleiter, zog sie mit Macht über die Schwelle, gab der Tür einen Stoß, und sie fiel ins Schloss zurück.

Margot blieb aufatmend stehen und blickte sich um. Es war tatsächlich ein Stall oder ein Haus, unter dessen Dach Menschen und Tiere wohnten. Eine Kuh brüllte, eine Kette klirrte und Stroh raschelte.

„Warum sind wir in diesem Stall?", fragte Margot.

Ihr Begleiter warf statt einer Antwort seinen Umhang ab und trug jetzt einen weißen Anzug mit einer silbernen Krawatte.

„Weil heute Weihnachten beginnt. Wir haben den Vierundzwanzigsten."

„Aber … ", warf Margot ein, „das sind doch alles alte Geschichten. Wer weiß denn, ob das überhaupt passiert ist."

Der leuchtende Mann blickte ihr direkt ins Gesicht und sagte: „Gott ist Mensch geworden. Freude!"

Das Wort Freude war nicht nur ein Wort, es war eine Kugel aus Licht, die aus dem Mund des Engels kam und auf Margot zuraste, auf ihrer Brust zerschmolz und ihren ganzen Körper mit Freude tränkte.

Sie wachte auf, diesmal ohne Furcht und lag in ihrem Bett. Es war halb acht. Sie wagte nicht aufzustehen, aus Angst, die Freude würde sie wieder verlassen. Also blieb sie liegen.

Sie hätte gleichzeitig lachen und weinen können und spürte, dass Tränen über ihr Gesicht liefen.

Und mit einem Mal wusste sie, dass sie zum ersten Mal echte, tiefe Freude erlebte. Dass sie ihr ganzes Leben lang neidisch gewesen war auf alle, die sich wirklich und wahrhaftig freuten. Sie hatte immer nur so getan, als ob sie sich freute. Sie hatte die Freude imitiert, weil sie merkte, dass es wichtig war, sich zu freuen, dass es gut ankam. Aber es war nur das Geplapper eines Papageis gewesen. An Weihnachten wurde es besonders schlimm. Überall, in fast allen Weihnachtsliedern, tauchte das Wort Freude auf, doch sie konnte das Wort nicht hören. Der Neid auf ein Gefühl, das sie nicht besaß, das sie nicht kannte, hatte ihr Inneres zerfressen. Aber jetzt, da die Freudensonne ihr Inneres erfüllte, brauchte sie nicht mehr neidisch zu sein.

Sie stand auf. Die Freude stand mit ihr auf. Gemeinsam begannen sie den Tag.

Sie ahnte, dass das Gefühl wahrscheinlich irgendwann verblassen würde, aber das war nicht schlimm, sie hatte es jetzt erlebt und wusste, wie es war, sich zu freuen. Eine halbe Stunde echte Freude kann für ein ganzes Leben reichen.

Nach dem Frühstück bestand Margot darauf, dass der Baum geschmückt wurde. Sie ging persönlich ins nächste Kaufhaus kurz vor Ladenschluss, um Christbaumschmuck zu kaufen. Fast eine Stunde brachte sie damit zu, den Baum zu schmücken.

„Heute“, sagte sie, „gehen wir alle mal in die Kirche.“

„Aber Margot“, sagte Felix, „wir sind an Heiligabend immer in die Kirche gegangen, nur du bist zu Hause geblieben.“

Sie staunte über die vielen Leute, über den riesigen, leuchtenden Baum und sang die Weihnachtslieder laut mit, obwohl sie den Ton nicht richtig halten konnte.

Bei der kurzen Predigt des Pfarrers, richtete sie sich kerzengerade auf, denn er sagte: „Und wissen Sie, Gottes Türen kann man immer nur von innen öffnen. Er mag es nicht, Leute einzusperren. Lieber wartet er selber, bis Sie ihm Ihre Tür aufmachen, damit die Freude einziehen kann. In der Hölle dagegen fehlen innen die Türklingen. Man braucht Spezialschlüssel, um da rauszukommen.“

„Absolut richtig!“, rief Margot und hielt den Daumen nach oben.

Felix blickte seine Frau fassungslos an und wunderte sich, dass ihr Gesicht vor Freude glühte.

Der Pastor geriet kurz ins Stocken. Noch nie hatte jemand bei seiner Predigt den Daumen nach oben gehalten.

* * *

9 DAS KRIPPENSPIEL

Hallo, ich bin Pfarrer Dankwart W.[1] Aus mir unerfindlichen Gründen hat mich das Schicksal dazu bestimmt, in sämtliche Fettnäpfchen zu treten, die es im Rahmen der Kirche gibt, und das sind nicht wenige. Dennoch (oder gerade deshalb?) habe ich für das Reich Gottes manches bewirkt, was meine fehlerlosen Kollegen nie zustande gebracht hätten. Bei einer Beerdigung wurden zum Beispiel die Toten in den Särgen wieder lebendig. Oder ich habe einmal aus Versehen einen Mordfall gelöst. Andererseits habe ich auch meine eigene Kirche aus Versehen abbrennen lassen, weil ich meine Zigarette im Altpapier entsorgt hatte.

Diesmal habe ich mich breitschlagen lassen, von einem Krippenspiel zu erzählen, das ich selber geschrieben und mit meiner Gemeinde und einigen Asylbewerben durchgeführt habe. Hier ist der Bericht darüber:

Allmählich zog der Winter bei uns ein und zwar so heftig, dass keiner mehr so richtig an die globale Erderwärmung glaubte.

Schon Anfang November schneite es, und wir begannen, uns Gedanken über das diesjährige Krippenspiel zu machen.

Ich fand es immer doof, wenn in der Krippe statt des Jesuskindes eine Puppe lag.

Meine Frau Adelheid und ich rechneten nach, ob unser zweites Kind vielleicht eine Chance auf die Rolle hätte, aber der

---

1 Aus dem Buch von Albrecht Gralle: Vom Glück verfolgt – neue Leiden von Pfarrer W. © 2011 Neukirchener Verlagsgesellschaft mbH, Neukirchen-Vluyn.

Geburtstermin war für den siebzehnten März vorgesehen und man will ja keine unnötige Frühgeburt anstreben. Mit ihrem dicken Bauch wäre Adelheid genau richtig für die Rolle der Maria gewesen, aber schließlich sollten ja Kinder mitspielen. Kinder wirken immer. Selbst, wenn sie ihren Text vergessen, finden das alle niedlich. Und wenn Kinder mitspielen, kommen garantiert alle Tanten und Großmütter und wenn die Tanten und Großmütter kommen, dann kommen zwangsläufig auch die Onkel und Opas. Und dann wird die Kirche richtig voll.

Letztes Jahr hatten wir kein Krippenspiel, und der Besuch in meiner Kirche war ziemlich mies, weil die Reformierten ein Krippenspiel anboten und die Katholiken einen richtigen Bischof in violett auftreten ließen, der dann auch noch sagte, dass der echte Nikolaus auch ein katholischer Bischof gewesen sei und dass letztlich ja auch alle christlichen Bräuche von den Katholiken kämen.

Die Baptisten hatten an Heiligabend eine Erwachsenentaufe angesetzt. Während der Taufe sollten dann die Weihnachtsbaumkerzen angehen. Ich selber war nicht dabei, aber die Zeitung brachte über die Taufe am Heiligabend schon im Vorfeld einen riesigen Artikel. Solche Sachen ziehen die Leute in die Kirche. Ein Augenzeuge erzählte mir später, dass er eine Gänsehaut bekommen habe, als er sah, wie das Verlängerungskabel von der Christbaumbeleuchtung fast ins Wasser gefallen wäre.

Aber die Leute stehen ja bei so einer Taufe sowieso unter Strom.

Jedenfalls, es half alles nichts: Bei diesem Veranstaltungsdruck musste ein Krippenspiel her und zwar mit möglichst viel echtem Zeug.

Doch zuerst brauchten wir einen Text, bei dem viele Kinder mitmachen konnten, auch wenn sie nur Schafe waren und Mäh sagten. Aber das ist besser als nichts.

In den Buchhandlungen und im kirchlichen Mediendienst habe ich nichts Passendes gefunden, entweder war es zu lustig, zu steif oder so abgefahren, dass ich es zweimal lesen musste, um es zu verstehen. Und so beschlossen Adelheid und ich das Stück selber zu schreiben. Das konnte ja wohl nicht allzu schwer sein. Es musste ja keine Predigt werden.

„Lass es uns so schreiben, als ob es heute passieren würde, dann brauchen wir keine langen Gewänder und Bärte“, sagte ich und konnte Adelheid zum Glück überreden.

Da hatte ich noch eine zusätzliche, tolle Idee. Für den dunklen König würde ich bei unserem Asylanten Samuel aus Sierra Leone nachfragen, das war immerhin ein echter Afrikaner. Wir hatten zwar auch Leute aus Ghana da, aber Samuel kannte ich besser, weil wir eben schon viel gemeinsam erlebt hatten.

Ich dachte darüber nach, dass es ja toll wäre, wenn man ein echtes Neugeborenes als Christuskind auftreiben könnte, das wäre der Hammer und der Publikumsmagnet schlechthin. Das würde die Kirche schon füllen. Neulich hatte in der Zeitung gestanden, dass jemand sein Neugeborenes im Koffer irgendwo abgegeben hat. Zustände sind das! Übrigens, wenn man die Weihnachtsgeschichte auf heute überträgt, passt eine Garage viel besser dazu als ein Stall. Wer hat heutzutage noch einen Stall? Und ist eine Garage nicht sogar eine Art moderner Stall, nur eben für Autos? Aber die Krippe? Was könnte man für die Krippe nehmen? Leere Benzinkanister? Nur – wie soll man da ein Baby reinkriegen? Schließlich kam ich auf leere Kartons. Die stapeln sich ja oft in den Garagen. Na ja und wenn die Weihnachtsgeschichte heute spielen sollte, passten Hirten auch nicht so richtig dazu. Klar, es gibt heutzutage schon noch Hirten, aber die fahren mit einem Passat durch die Gegend, stellen Elektrozäune auf einer Wiese auf und lassen die Schafe grasen, während sie selber im Auto sitzen bleiben, Zigaretten rauchen und Radio hören.

Ich hatte dann die Idee, statt der Hirten Autohändler zu nehmen, das wäre doch viel zeitnaher. Die müssen ja auch auf ihrem Hof auf die vielen Autos aufpassen und sind – wie die Hirten damals – gerissene Geschäftsleute. Allerdings schlafen sie nachts nicht im Freien auf ihrem Hof. Aber ich glaube, dass sich die Zuschauer beim Krippenspiel gar nicht daran stören würden.

Als die Grundidee stand, schrieb ich für die Zeitung einen extra langen Artikel, so in der Art, wie lebensnah unser Krippenspiel dieses Jahr sein würde und dass es so etwas in unserer Stadt noch nie gegeben hätte. Dagegen seien Bischöfe, Taufen und herkömmliche Krippenspiele alte Hüte. Und wer mitspielen wolle, der solle sich bei mir melden.

Jetzt brauchte ich lediglich bei dem Weihnachtstext von Lukas die alten Worte zu streichen und den Text auf modern umschreiben, dann konnte es losgehen.

Adelheid hatte eine Bastelgruppe ins Leben gerufen, die aus Pappe Autoumrisse herstellte, das waren ja unsere Schafe. Diese Umrisse sollten sich dann die Kinder umschnallen. Sie durften dann natürlich nicht „Mäh!" schreien, sondern sollten ab und zu „brumm brumm" sagen.

Weihnachten rückte näher, und wir hatten alle Hände voll zu tun.

Endlich kam der vierundzwanzigste Dezember.

An der trostlosen Stadtkulisse hatten viele Kinderhände mitgewirkt. Man sah darauf Hochhäuser und rauchende Schornsteine, aus denen Watte quoll. Übrigens war Samuel Kargbo begeistert gewesen, als ich ihn gefragt hatte, ob er den afrikanischen König spielen wollte. Er hatte sich eine Krone aus einem alten Fahrradschutzblech gebastelt, wo er zwei Rücklichter mit Batterie eingebaut hatte, die lustig blinkten, wenn er sich die Krone aufsetzte.

Die Kirche war gerammelt voll. Unser neues Konzept war aufgegangen. Nun konnte es endlich losgehen.

Ich war der Sprecher und fing nach einem Weihnachtslied an:

„Zu der Zeit, als Präsident Augustus das Sagen hatte, gab es ein riesiges Verkehrschaos, weil die Leute zu ihren Geburtsorten reisen mussten, um sich dort in Listen eintragen zu lassen …“

Jetzt kamen Maria und Josef von links aus der Sakristei und gingen in die Mitte. Josef schob dabei ein altes Fahrrad, auf dem das Gepäck geschnallt war. Das war Adelheids Idee gewesen, denn man sagt ja zu einem Fahrrad gelegentlich auch Drahtesel. Maria und Josef suchten zwischen den gemalten Hochhäusern, die nicht ganz senkrecht standen, nach einer Unterkunft und stolperten manchmal über ein paar Autos, die immerzu „brumm brumm“ sagten.

Schließlich waren sie in einer Garage gelandet. Wir hatten einen viereckigen Rahmen aus Holz gebastelt, auf dem ganz deutlich Garage stand, damit es keine Missverständnisse gab. Hinter einem Stapel alter Autoreifen (die waren sogar echt und gesponsert von der örtlichen Tankstelle) sollte dann das Kind zur Welt kommen.

Ich hatte tatsächlich ein Ehepaar ausfindig gemacht, das zwar kein Neugeborenes hatte, aber einen Jungen, der fünf Monate alt war. Die Mutter mit dem Namen Laura hielt sich natürlich hinter den Hochhauskulissen auf, um das Kind zu beruhigen, falls etwas passieren sollte.

Gerade sagte ich als Sprecher: „Marias Zeit war gekommen und sie brachte hinter den Autoreifen einen Sohn zur Welt, wickelte ihn in Zeitungspapier und legte ihn in einen Karton, weil sie kein passendes Hotel gefunden hatten“, da begann das Jesusbaby zu schreien.

Leider hatte Maria, obwohl wir es zigmal mit einer Puppe geübt hatten, in der Aufregung das Kind nach der raschen Geburt etwas rustikal in den Karton gelegt, so dass es sich kräftig zu Wort meldete. Und spätestens jetzt hatte auch der Letzte in der Kirche gemerkt, dass das Kind echt war. Sie staunten alle nicht schlecht, als zwischen den Hochhäusern plötzlich Laura auftauchte, um ihr Kleinkind wieder aus dem Karton zu nehmen und damit hinter den Autoreifen verschwand. Damit war Jesus erstmal aus dem Schneider, und es konnte ihm nichts mehr passieren.

Jetzt kam die Hirtenszene mit den Schafen, bei uns also die Autohändler mit den vielen Autos dran. Die kleinen Autos holperten nun mit viel Gebrumm auf die Bühne, und die Mannschaft vom Autohaus baute sich daneben auf und musste dann ab zu ihre Autos beruhigen, weil sie nicht stillstanden, sondern immer hin und her wankten. Bei einem Auto wurde es sogar auf dem Boden nass. Vermutlich hatte es Öl verloren.

Ich hatte große Schilder auf den Oberkörper der Autohändler geklebt, auf denen das Wort „Autohändler" und in Klammern „Hirten" stand, damit es keine Missverständnisse gab. Natürlich stand auf den Pappautos das Wort „Auto" und in Klammern „Schafe". Ich finde, dass man die Leute durch eine moderne Regie nicht verwirren darf.

Im Theaterbetrieb ist es heutzutage ja auch zum Verzweifeln. Da spielen sie zum Beispiel den Faust, und Faust ist ein Typ mit einem Dreitagebart, der im Unterhemd über die die Bühne rennt. Da wäre doch viel gewonnen, wenn er einen Aufkleber hätte, wo deutlich und klar „Faust" draufsteht.

Jetzt kam der Auftritt von Marc-Erik, der ein moderner Engel war. Er saß schon die ganze Zeit verdeckt oben auf einer Standleiter und wartete auf seinen Auftritt. Also, die Leiter stand an der Seite, und die obere Spitze war durch ein blaues Tuch verhängt worden, auf dem mit weißer Farbe Himmel stand, damit es keine Missverständnisse gab.

Marc-Eric, ein blonder Junge mit etwas längeren Haaren, kam während eines Trommelwirbels langsam die Doppelleiter herab. Es sah fast so aus, als würde er aus dem Himmel herabsteigen. Bei ihm hatte ich darauf verzichtet, das Wort Engel drauf zu schreiben, weil ich dachte, dass es auch dem Dümmsten klar sein müsste, dass Marc-Eric einen Engel darstellte. Außerdem trug er ein glitzerndes Gewand und hatte einen Propeller auf seinem Kopf.

Leider verhedderte er sich mit seinem Propeller an der Leiter, so dass sie mit einem lauten Knall umkippte. Aber Marc-Eric ließ sich davon nicht beeindrucken, auch nicht, als die meisten Autos zu weinen anfingen. Er sagte einfach seinen Text: „Habt keine Angst, ihr Autohändler, und auch ihr Autos!“ Ich fand, dieser Satz passte super gut zu dem Knall mit der Leiter. Manchmal schreibt das Leben eben das beste Drehbuch.

„Ihr werdet in der Garage beim Gemüsehändler ein Kind in Zeitungspapier gewickelt finden, das in einem Karton liegt …“

Jetzt drehte ich den Lautstärkeregler von unserer Anlage hoch, ein fetziger Gospelchor sang, und viele Engel mit Propellern tauchten auf und schnippten mit den Fingern zur Musik.

Das hatte Adelheid ganz lange mit ihnen geübt. Und es klappte so ungefähr, nur, dass manche Autos sich nun plötzlich auf die Hinterräder stellten und mitschnippten, was ganz seltsam aussah und auch nicht vorgesehen war, aber das Publikum fand es wohl ganz beeindruckend. So etwas hatten sie noch nie gesehen. Ich habe ja schon mal gesagt: Wenn Kinder dabei sind, können die alles machen und die Erwachsenen finden es niedlich.

Das Auto, das Öl verloren hatte, wurde dabei von seinem alleinerziehenden Vater unauffällig aus dem Verkehr gezogen und gewickelt.

Als die Propellerengel verschwunden waren, marschierten die Autohändler los, gefolgt von ihren Autos und kamen zu der Geburtsgarage, wo eigentlich das Jesuskind hätte liegen sollen, doch nun fehlte. Laura hatte es nicht beruhigen können, aber man muss vom Publikum auch ein bisschen Fantasie erwarten können, oder nicht?

Die Autohändler mit ihren Autos blieben eine kurze Zeit in der Garage und zogen dann ab in die Sakristei, um den drei Königen Bescheid zu sagen, dass sie jetzt dran wären.

Ich hatte für den Auftritt der drei Könige ein paar Kinder gefragt, die einen Trommelkurs absolviert hatten, ob sie dazu trommeln könnten. Das taten sie auch. Und dann kam Samuels Auftritt mit seiner Fahrradblech-Rücklicht-Krone. Er trug dazu ein langes, afrikanisches Hemd, auf dem: „König Samuel aus

Sierra Leone“ stand, damit es keine Missverständnisse gab. Die anderen beiden Könige fielen dagegen mit ihren Pappkronen und ihren bleichen Gesichtern etwas ab.

Gerade, als Samuel würdevoll auf den leeren Pappkarton zuschritt, schrie aus dem Publikum jemand: „Das ist Betrug! In Sierra Leone gibt es keine Könige, nur in Ghana gibt es noch welche!“

Alle drehten sich um. Und ich dachte: ‚Das gibt‘s doch nicht!‘ Hinten stand Joel aus Ghana und fühlte sich in seiner Ehre gekränkt.

„Wenn hier jemand eine Krone tragen darf, dann bin ich es, ich bin weitläufig mit dem Ghanaischen Königshaus verwandt!“, rief er.

Damit hatte nun keiner gerechnet. Auch Samuel war verblüfft.

Mir wurde heiß und kalt. Irgendetwas musste passieren, um den Königsstreit zu beenden.

Ich sandte ein Stoßgebet zum Himmel und ging nach vorn. Alle schauten mich erwartungsvoll an und ich stand im Licht der Scheinwerfer. Und da wuchs ich über mich selbst hinaus. „Wir … wir unterbrechen unser Spiel an dieser Stelle“, begann ich zögerlich, fuhr dann aber selbstsicherer fort: „Wer, meine lieben Gäste, hätte vermutet, dass wir einen echten König unter uns haben? Begrüßen Sie mit uns, König oder Prinz Joel aus Ghana.“

Ich klatschte und alle anderen klatschten auch. Ich bat Joel nach vorne, riss einem von den blassen Königen die Krone vom Kopf, flüsterte ihm zu: „Du bekommst nachher einen Kinogutschein“ und setzte Joel die Pappkrone auf. Nun marschierten plötzlich vier Könige zum leeren Pappkarton, bei einem fehlte leider die Krone, dafür hatten wir nun zwei echte Afrikaner.

Samuel und Joel machten ihre Sache großartig. Das muss ich schon sagen. Sie verneigten sich vor dem Karton – nachher fiel mir ein, ich hätte vielleicht auf den Karton „Jesus“ draufschreiben sollen – um Missverständnissen vorzubeugen – und legten ihre Schätze nieder.

Ich rechnete es Joel hoch an, dass er zehn Euro in den Karton warf. Von dem Geld konnte ich nachher den Kinogutschein kaufen.

Aus den Reihen der Gäste hörte ich bei dieser Szene zwischendurch ein Schniefen und Schnäuzen. Es ging vielen wohl doch nahe, wie sich zwei verschiedene afrikanische Nationen bei einem Krippenspiel vereinten. Und das alles war völlig echt, ich hätte das so gut gar nicht aufschreiben können.

Manche dachten sogar, dass diese Szene zu dem Stück dazugehörte.

So endete denn unser diesjähriges Krippenspiel trotz aller Pannen mit einem großen Erfolg.

Nur schade, dass man das gleiche Stück nicht nächstes Jahr wieder spielen kann, aber da lassen wir uns dann einfach etwas Neues einfallen.

* * *

10 KLEINGELDSAMMLER

Ich sehe ihn immer noch vor mir: den Mann, unter dessen Baseballmütze graue Haare hervorquellen. Eine tadellos gebügelte schwarze Hose, dazu einen Pullover im Burlington-Stil mit großen, blauen Rauten, der ab und zu unter seinem Mantel hervorblitzt, gediegene schwarze Lederschuhe und eine dunkle Aktentasche.

Er geht zielgerichtet durch die Bahnhofshalle. Ich schätze ihn auf siebzig. Er könnte Enkel haben, die zu ihm Opa sagen. Mir kommt es so vor, als wolle er einen Zug erreichen.

Jetzt steht er vor dem Kartenautomaten. Ich trinke gerade eine Tasse Kaffee gegenüber und habe Muse, ihn zu beobachten. Mein Zug fährt erst in einer halben Stunde.

Der Mann in der tadellos gebügelten Hose steht also vor dem Kartenautomaten, seinen rechten Handschuh hat er ausgezogen, aber er zieht keine Karte, sondern greift mit der Hand blitzschnell in das Fach, wo man normalerweise sein Wechselgeld findet. Er hat offensichtlich nichts gefunden und hält sich keine Sekunde länger als nötig dort auf. Kein Bedauern. Schon hat er ein neues Ziel anvisiert: den nächsten Automaten.

Ich kann gerade noch erkennen, dass er diesmal nicht stehen bleibt, sondern im Vorbeigehen mit seiner Hand durch das Fach gleitet. Wieder nichts.

Ich lasse den Pappbecher mit dem Kaffee stehen, greife zu meiner Tasche und nehme die Verfolgung auf: Der Mann interessiert mich. Er ist kein Penner, er trägt eine tadellos gebügelte Hose, seine schwarzen Lederschuhe sind geputzt.

Warum tut er das? Jetzt steuert er den dritten Automaten an, greift in das Fach, seine Hand schließt sich um ein paar Münzen.

Keine Freude, er verzieht keine Miene, lässt die Münzen in die Hosentasche gleiten und geht weiter, als sei nichts geschehen.

Er könnte jetzt den Bahnhof verlassen und nach Hause gehen, denke ich, er hat ja Erfolg gehabt. Aber nein. Der vierte Automat. Griff in das Fach. Nichts. Weiter.

Er verschwindet in der Unterführung und ich begreife, dass er auf die einzelnen Gleise gehen will. Denn auch dort stehen Automaten.

Ein Glück für den Mann, denke ich, dass es Automaten statt Menschen gibt. Einem Angestellten der Deutschen Bahn könnte er nicht so einfach in die Tasche greifen, um das Kleingeld zu bekommen.

Ja, meine Vermutung war richtig. Auch auf dem Bahnsteig geht er langsam, nicht eilig, wie zufällig an der Kartenmaschine vorbei, die Hand gleitet in das Fach, stockt. Er hat etwas gefunden. Aber keine Pause, kein Triumph, das Geld verschwindet in der Hosentasche. Weiter. Die Rolltreppe hinunter. Gleis drei und vier.

Inzwischen verfolge ich ihn nur noch routinemäßig. Ich weiß ja, was er machen wird: Er wird systematisch allen Automaten einen Besuch abstatten.

Mich interessiert nicht mehr, wie und was er bei den Automaten macht, sondern, was danach kommt.

Wird er mit seiner Beute in den Bus steigen und nach Hause fahren? Wird er das Geld in eine geheime Spardose tun, für den Tag X?

Oder wird er unterwegs das Geld sinnlos verprassen? Ist er Alkoholiker und wird damit eine Flasche Bier kaufen?

Aber nein, das passt nicht zu ihm. Es kann nicht sein, dass er nicht über Geld verfügt. Er trägt eine tadellos gebügelte Hose, schwarze, geputzte Schuhe, einen Burlington-Pullover.

Oder wird er von seiner Frau knappgehalten? Verwaltet sie – vielleicht auf seinen Wunsch hin – seine Rente? Und dies hier wäre Geld, über das er völlig frei verfügen könnte?

Wir sind auf Gleis zehn. Ich habe es genau beobachtet: Dreimal hat er Erfolg gehabt.

Mehr Automaten gibt es nicht. Sicher, es gibt in der Stadt noch eine Menge anderer Automaten ... Nein, er arbeitet systematisch. Er begrenzt sich wahrscheinlich auf die Bahnhofsautomaten, denn jetzt verlässt er den Bahnhof und lässt die Imbiss-Automaten auf dem Vorplatz links liegen. Oder er hat schon seit Stunden alles abgegrast und der Bahnhof war seine letzte Station?

Ich atme auf, denn ich hätte keine Lust gehabt, jetzt noch die gesamte Stadt mit ihm zu durchforsten.

Draußen fällt Sonnenlicht auf die Anlagen des Vorplatzes, aber das Licht ist nicht stark genug, um die grauweißen Flecken zu schmelzen, die an den Straßenrändern liegen. Zwei Jungen mit Fahrrädern sausen vorbei und rutschen auf dem Matsch aus.

Mein Automatenmann beachtet das alles nicht. Er geht zielstrebig zu einer Bushaltestelle und wartet. Seine rechte Hand, immer noch ohne Handschuh, hat er in die Manteltasche gesteckt. Da ich ein Zugticket mit Cityanbindung habe, könnte ich ihm folgen, ohne zusätzlich bezahlen zu müssen.

Ich schaue auf meine Uhr. Mein Zug ist weg. Der nächste fährt in einer Stunde.

Ich überlege nicht lange. Im Grunde habe ich mich schon entschieden. Ich will wissen, wie die Geschichte mit dem Automatenmann weitergeht.

Ein Bus kommt, der Mann steigt ein, ohne zu bezahlen oder ein Ticket abstempeln zu lassen. Bestimmt hat er eine Seniorenkarte.

Ich setzte mich schräg hinter ihn, um ihn im Auge zu behalten. Unauffällig blickt er sich um, ich wende schnell meinen Kopf zur Scheibe, als ob ich draußen etwas Interessantes beobachte.

Ganz langsam drehe ich meinen Kopf zu ihm hin und sehe aus den Augenwinkeln, wie er das Geld aus der Hosentasche in die Aktentasche gleiten lässt. Mehrmals fasst er nach, und ich muss feststellen, dass ich nur den allerletzten Teil seiner Geldjagd miterlebt habe.

Er blickt auf seine Uhr und steigt aus. Ich folge ihm. Mit großen Schritten geht er auf eine Bank zu. Die Tür zischt zur Seite und er verschwindet im Gebäude.

Er nähert sich der Kasse. Man kennt ihn schon, denn die Kassiererin schiebt ihm lächelnd einen Plastikkasten hin, mit dem man Geld sortieren kann.

Er nickt ernst mit dem Kopf, setzt sich an einen freien Platz, legt die Aktentasche hin, zieht jetzt auch den linken Handschuh aus und holt das Geld vorsichtig, fast zärtlich heraus und fängt an, die Münzen in die vorgesehenen Rillen zu stecken.

Ich gehe zu einem Terminal und tue so, also ob ich irgendeine Transaktion mache.

Der Automatenmann sortiert. Es scheint ihm Spaß zu machen. Er wird der Kassiererin irgendein Märchen erzählt haben, vielleicht, dass er bei einem Verein mitmacht und dass es zu seinen Aufgaben gehöre, die Münzspenden zu zählen und sie einzuzahlen.

Nein, er wird den Betrag nicht auf ein Konto einzahlen. Seine Frau hat womöglich dazu eine Vollmacht und wenn sie die Auszüge sieht, könnte sie ihn fragen: „Erwin, wo kommt denn das Geld her?“ Ich stelle mir jedenfalls vor, dass er Erwin heißt. Es würde zu ihm passen. Erwin Waltershofen, zum Beispiel, nein, lieber Erwin Glanz wegen der Schuhe.

Vielleicht hat er extra für diesen Zweck ein eigenes Konto eröffnet, zu dem nur er einen Zugang hat?

Vielleicht spart er schon seit Jahren auf eine Reise?

Oder er hat ein teures Hobby? Modelleisenbahnen?

Ich schiele zu ihm hinüber und sehe, dass er das Kleingeld einsortiert hat. Wie eine Heiligenfigur trägt er den Kasten zu der Frau hinter dem Tresen und überreicht ihn ihr.

Sie zählt die Münzen und gibt ihm einen Schein und ein paar Geldstücke. Ich meine, aus der Entfernung, einen zwanzig Euro Schein zu erkennen.

Nicht schlecht, denke ich.

Jetzt zückt er sein Portemonnaie, legt den Schein hinein, verstaut die Münzen und verlässt fast übermütig die Bank, denn er schwenkt die Tasche hin und her.

Ich lasse beim Gehen genügend Abstand zwischen uns. Es wäre wirklich peinlich, wenn er merken würde, dass er verfolgt wird.

Draußen kommt eine Schülergruppe lärmend vorbei. Ich muss aufpassen, dass ich ihn nicht verliere. Manche Schüler sind so groß wie Erwin Glanz.

Als ich um die Ecke biege, ist er verschwunden. Das kann nicht sein, denke ich. Hastig renne ich in eine Seitengasse, blicke hinein: Kein Erwin. Ich inspiziere genau die Geschäfte, blicke in die Schaufenster. Erwin Glanz ist mir entwischt. Wenn ich jetzt einen Bus erreiche, schaffe ich es noch zu meinem Zug.

Fast widerwillig steige ich ein, fahre zum Bahnhof und bin ein wenig enttäuscht, dass mein Zug noch dasteht. Ich steige ein und nehme mir vor, in ein paar Wochen zurückzukommen. Vielleicht treffe ich Erwin wieder am Bahnhof bei den Automaten. Aber wie kriege ich heraus, was er mit dem Geld anstellt?

Drei Wochen später bin ich wieder im selben Bahnhof, es ist der zweiundzwanzigste Dezember. Draußen ist es schon um halb fünf dunkel geworden. Ich halte gespannt nach dem Automatenmann Ausschau. Er ist nicht da. Enttäuscht steige ich in meinen Zug und setze mich ans Fenster.

Und plötzlich sehe ich ihn wieder, draußen, auf dem Bahnsteig. Was soll ich machen? Wie wichtig ist mir der Termin?

Ich renne zur Tür, reiße sie auf und bin wieder auf dem Bahnsteig. Wo ist er?

Er ist inzwischen auf dem anderen Gleis. Während ich die Treppe hinunterhetze, höre ich einen Pfiff und ich weiß, dass mein Zug abfährt.

Jetzt stehe ich unten und sehe, wie der Rentner gerade die Treppe herunterkommt. Dieselbe Mütze, dieselbe Aktentasche, dunkle Hosen, offener Mantel. Nur das Rautenmuster auf dem Burlington ist jetzt gelb.

Ich bleibe ihm auf den Fersen. Diesmal werde ich ihn nicht verlieren.

Er steuert auf den Vorplatz zu. Es regnet und der gesamte Schnee hat sich inzwischen in Regen aufgelöst. Zum Glück ist die Stadt in ein weihnachtliches Lichtermeer getaucht, so dass ich meinen Rentner, trotz der Dunkelheit, gut erkennen kann. An der Bushaltestelle geht er rasch vorbei und betritt ein kleines Café.

Ich bin dabei. Während ich ihn verfolgt habe, ist mir klargeworden, dass ich niemals herausfinden werde, warum er dieses Geld sammelt und wozu er es benutzt, wenn ich ihn nicht direkt danach frage.

Zwei Tische im Café sind noch frei. Er setzt sich an den einen, zieht seinen Mantel aus und hängt ihn an den Garderobenständer. Ich nehme meinen Mut zusammen und gehe auf denselben Tisch zu.

„Ist hier noch frei?"

Er blickt mich erstaunt an. Seine Augen gleiten zu dem anderen freien Tisch, als ob er sagen würde: Der ist doch noch frei. Warum setzen Sie sich nicht dahin?

Er zögert. Schließlich zuckt er mit den Schultern. „Ja, bitte."

Aber ich merke, dass es ihm nicht recht ist. Er will allein sein. Vielleicht sein Geld zählen?

Aber ich kann darauf keine Rücksicht nehmen und setze mich.

Die Kellnerin kommt.

„Eine Tasse Kaffee", sagen wir gleichzeitig. Der Automatenmann lächelt. Ich habe ihn bisher noch nie lächeln sehen. Er hat mehr Falten im Gesicht, als ich dachte. Inzwischen hat er die Baseballmütze abgenommen. Eine Halbglatze wird sichtbar.

Am besten, ich komme gleich zur Sache, sage ich mir und spreche ihn an: „Entschuldigen Sie, dass ich mich zu Ihnen an den Tisch gesetzt habe, ich hätte natürlich auch drüben Platz nehmen können, aber ich habe ein oder zwei Fragen an Sie."

Er hebt erstaunt die Augenbrauen.

„Fragen? Wir kennen uns doch nicht!"

„Ja eben", sage ich und erzähle ihm, wie ich ihn vor drei Wochen beobachtet habe und wie mich seitdem die Neugier plagt, was das Ganze soll. Braucht er das Geld für sich oder für andere?

Die Kellnerin kommt mit den beiden Kaffeetassen. Er hat Zeit zu überlegen. Bedächtig öffnet er die beiden Plastikdöschen und schüttet die Milch in die Tasse.

Er räuspert sich und sagt dann: „Ich mache das seit meinem Ruhestand im November. Jeden Vormittag ab neun. Das ist meine regelmäßige Arbeit. Ich brauche eine Beschäftigung, wissen Sie. Ich lebe allein und komme mit meiner Rente ganz gut hin. Wenn ich fünfzig Euro zusammen habe, mache ich daraus einen besonderen Tag. Ich gehe mit den Scheinen durch die Stadt und suche mir einen Bettler aus oder einen Menschen, dem man ansieht, dass er wenig Geld hat. Ich gebe ihm zwanzig oder dreißig Euro, wünsche ihm frohen Advent oder gesegnete Weihnachten und freue mich über das überraschte Gesicht. Danach esse ich etwas Besonderes.

Zurzeit spare ich auf eine größere Sache. Vielleicht eine Einladung an Bedürftige zu einem großen Weihnachtsessen. Mit Einladungskarte und allem Drum und Dran. Ich miete einen Raum in einer Gaststätte, sie darf nicht zu vornehm sein, sonst ..."

Er bricht ab.

„Und warum machen Sie das?"

„Warum? Ich könnte Ihnen jetzt ein paar Begründungen liefern. Es gibt ja sogar Bibelverse, die davon sprechen, dass man Leute einladen soll, die einen nicht einladen können. Aber, ganz ehrlich, ich mach es auch, damit ich unterwegs bin und, weil es mir einfach Spaß macht, Leute zu beschenken. So wird für mich Weihnachten real. Gott beschenkt mich, ich beschenke andere."

Ich rühre in meinem Kaffee. „Das genügt mir nicht. Sie könnten von Ihrer Rente ein bisschen Geld abzweigen. Warum die Automaten?"

„Etwas Geld vom Überfluss abgeben, ist nicht das Gleiche. Das würde mich nicht kratzen, aber dieses Geld halb verstohlen aus den Automaten herauszuholen, das ist etwas, wozu ich mich furchtbar überwinden muss. Das kostet mich meinen Stolz. Manchmal spüre ich die Blicke der anderen, wenn sie mitbekommen, was ich mache. Dieses Geld ist hart erarbeitet."

„Ihre Rente ist auch hart erarbeitet", argumentiere ich, „Ihr ganzes Arbeitsleben liegt darin."

„Ja das stimmt natürlich. Aber ich fühle es nicht mehr. Wenn die Rente auf meinem Konto erscheint, fühle ich nicht mehr die Arbeit, die dahintersteckt. Das Geld ist einfach da."

Er trinkt einen Schluck aus seiner Tasse. „Aber diese Automatenbettelei", fährt er fort, „ist irgendwie demütigend. Manchmal merke ich, dass ich mich von dem Geld kaum trennen kann. Aber immer, wenn ich es tue, und einen zwanzig Euro Schein in die Hand eines Bettlers lege und ihm frohe Weihnachten wünsche, bin ich eine kleine Zeit lang glücklich. Manchmal eine Stunde lang, manchmal sogar zwei."

* * *

11 BERUFSWECHSEL

Mein Name ist Dismas, Sie kennen mich nicht. Ich bin eine Figur in einer christlichen Legende. Soll hier was sagen zur so genannten Heiligen Familie.

Das erste Mal hab ich die Drei mit ihrem Esel getroffen, als sie in Richtung Ägypten wanderten. Ich war gerade dabei, meinem neuen Beruf nachzugehen. Eigentlich hab ich die Gerberei erlernt, aber irgendwann hat es mir gestunken. Außerdem wurde meine kleine Firma von römischen Soldaten hochgenommen und ich stand vor dem Nichts. Da hab ich dann spontan meinen Beruf gewechselt und überfalle jetzt Leute.

Ich hing damals am Sinai herum in der Nähe der Karawanenstraße, die Judäa mit Ägypten verbindet. Da kommen ab und zu Leute vorbei, die man überfallen kann. Einsame Gegend.

Die Drei mussten es wohl ziemlich eilig gehabt haben, weil sie nicht mit einer Karawane unterwegs waren. Also: leichte Beute. Hat aber nicht geklappt. Der Mann sagte, sie brauchten ihre Habseligkeiten selber, weil sie auf der Flucht vor dem Idumäer seien, diesem Emporkömmling Herodes.

Dann hab ich den Fehler gemacht und hab mich auf ein Gespräch eingelassen. Als professioneller Straßenräuber sollte man keine persönlichen Beziehungen zu den Opfern aufbauen. Das Gewissen ist dann angekratzt und man ist nicht mehr schlagkräftig genug.

Jedenfalls, es ging um das Kind, einen kleinen Jungen. Herodes wollte ihn umbringen lassen, weil die Familie angeblich weitläufig mit dem Königshaus David verwandt war. Sie erzählten dann, wie sie wegen der Volkszählung nach Bethlehem hatten reisen müssen. Die Frau kurz vor der Niederkunft! Diese Familie scheint nicht zur Ruhe zu kommen. Das Paar hatte sich ein beschauliches Leben in Israel vorgestellt, aber daraus sollte wohl nichts werden.

Jetzt war ich natürlich gespannt, wie der Junge aussah. Er war erst ein paar Monate alt und hieß Jeschuah. Die Frau schob das Tuch etwas herunter, da war er. Wir blickten uns kurz an und er lächelte, als hätte er überhaupt keine Angst. Seltsam. Was sollte ich dazu sagen? Hat mich irgendwie in Verlegenheit gebracht, dieses Lächeln.

Um es kurz zu machen: Ich konnte diese Leute einfach nicht ausrauben.

Hab dann gesagt, mir sei die Lust am Stehlen vergangen, jedenfalls bei ihnen. Und wenn wir uns mal wieder treffen und ich in der Klemme steckte, dann könnten sie ja ein gutes Wort für mich einlegen. Das Paar nickte, und ich hab sie laufen lassen. War ja sowieso nicht viel dran. Sahen aus wie gerupfte Tauben.

Später, als ich dann hauptsächlich in Judäa meinem „Handwerk“ nachging, hab ich gehört, dass aus dem Jungen ein Rabbi geworden war, der durch das Land zog und Wunder vollbrachte. Immer unterwegs. Er redete von einem Reich, das durch ihn kommen sollte oder schon unsichtbar da ist. Einmal hab ich zufällig mitbekommen, dass er gesagt habe, er hätte kein Zuhause. Die Füchse wären besser dran als er. Aber er sagte es ohne Vorwurf, als müsste das so sein, dass er und seine Freunde sich nicht richtig festsetzen könnten. Irgendwie ruhelos und trotzdem mit einer riesigen Ruhe im Bauch. Ich war ja auf meine Art auch immer unterwegs, aber ohne festen Halt, ohne Zukunft mit einem blöden Gefühl, irgendwann geschnappt zu werden. Aber dieser Rabbi und seine Freunde zogen durch das Land, als sei es ihr Zuhause.

Und jetzt kommt‘s: Nachdem ich ein paar krumme Dinger gedreht hatte, wurde ich geschnappt, und meine Karriere war zu

Ende. Ich musste ans Kreuz. Und wer hing da, direkt neben mir?

Sie haben es erraten: Der Rabbi, der als Junge auf der Flucht gewesen war. Natürlich erkannte er mich nicht. Ich hab gewusst, dass er dieses Ende nicht verdient hat und dass die Oberschicht ihn loswerden wollte. Außerdem wirkte er so, als würde sein Leben nach dem Tod erst richtig losgehen.

Wir blickten uns wieder an, und ich sagte zu ihm: „Kannst du mal ein gutes Wort für mich einlegen, wenn du in dein Reich kommst?“

Erst kam nichts, dann keuchte er: „Heute wirst du mit mir im Paradies sein.“

* * *

12 WINTERREISE

Sie waren zu dritt unterwegs und hatten sich für diesen Tag extra frei genommen. Nach Jahren hatten sie sich wieder getroffen und ließen nun beim Wandern alte Schulzeiten auferstehen. Wie Schmetterlinge tanzten drei Worte ständig hin und her: „Wisst ihr noch …?"

Die beiden Männer, der eine dünn, fast hager, mit Vollbart, Jeans und Parka der andere etwas kleiner, glatt rasiert in einem dicken Pullover, hatten die Frau in ihrem gefütterten Mantel in die Mitte genommen. Obwohl das Jahr zu Ende ging, hatte es noch nicht geschneit, trotz der Minusgrade. Es war eine trockene Kälte. Der Weg, auf dem sie gingen, war hart gefroren.

Übersät mit Laub vom letzten Jahr, schlängelte sich der Waldweg an hohen, geraden Buchenstämmen vorbei. Dann wurde er breiter, öffnete sich nach dem Wald und lief an einer großen Wiese entlang. An ihren schattigen Stellen war sie mit Reif überhaucht, auch standen da zehn oder fünfzehn kahle Obstbäume herum.

Der Bärtige stutzte, als er über die gefrorene Wiese blickte. Das Gras sah an den sonnigen Stellen saftig grün aus und zwischen den Grasbüscheln wuchsen gelbe Bündel aus Osterglocken.

Was war das? Etwa Frühling im Winter?

Er machte die anderen beiden darauf aufmerksam. Auch sie fanden die Osterglocken auf einer Winterwiese ziemlich merkwürdig.

„Es sieht tatsächlich aus wie Frühling", meinte die Frau, „aber das gibt's doch nicht. Wie können in einem gefrorenen

Boden, Frühlingsblumen wachsen? Schneeglöckchen könnte ich mir noch vorstellen, aber im Dezember? Da fällt mir der Faust ein. Wisst ihr noch? *Vom Eise befreit sind Strom und Bäche durch des Frühlings holden, belebenden Blick …*?"

„*Im Tale grünet Hoffnungsglück*", fuhr der Glattrasierte fort und lachte. „Ja, ja, der Osterspaziergang von Goethe. Augenblick. Wie hieß noch unser Deutschlehrer? Ach ja, Brückner. Brückner mit den großen Händen. Das war doch der, bei dem wir immer …"

Sie wärmten ihre alten Streiche auf.

„Komisch", fing die Frau nach einer Pause an, „dass man nach all den Jahren diese Texte noch im Kopf hat. Unglaublich!"

„Ich hab davon fast nichts behalten", meinte der Bärtige. „Aber", fuhr er mit ernstem Ton fort, „kommt es euch nicht auch seltsam vor, dass wir so ein strahlend schönes Wetter haben? Es war doch absolut trüb und dunkel, als wir morgens losgingen und jetzt sogar noch diese komischen Osterglocken. Als ob die Natur durchdreht."

„He!", meinte die Frau schließlich und öffnete ihren Mantel, weil es ihr warm wurde. „Wo ist eigentlich unser Rucksack?"

Die Männer blickten sich um. Der Bärtige meinte: „Wir müssen ihn in der Bahn vergessen haben! So was Blödes! Da war unser ganzes Picknick drin!"

„Hm", sagte die Frau nachdenklich und schnupperte. „Ich habe noch nie so eine klare, frische Luft erlebt. Aber ich verstehe immer noch nicht, wie wir in diese Gegend gekommen sind und wie diese Frühlingsblumen hierherkommen. Haben wir beim Reden alles andere vergessen?"

„Schaut mal, da vorne kommen uns Leute entgegen", rief der Glattrasierte. „Wir werden sie fragen, wo wir uns befinden, denn offensichtlich haben wir uns verirrt. Oder sind wir in einen überdachten Park geraten? Die Gegend hier habe ich jedenfalls auch noch nie gesehen und die Karte ist ja in unserem Rucksack."

Es war wohl ein Liebespaar, das ihnen entgegenkam, denn der Mann hatte seine Hand locker um die Taille des Mädchens gelegt. „Entschuldigen Sie", begann die Frau, „können Sie uns sagen, in welcher Gegend wir uns befinden? Wir haben unseren Rucksack mit der Karte im Zug vergessen. Ehrlich gesagt sind wir ein bisschen verwirrt: Osterglocken im Winter, dieses wunderbare Wetter hier, ständig wird es wärmer und die Luft … "

Die beiden Liebenden, die stehen geblieben waren, sahen sich an und lösten sich voneinander. Dann sagte das Mädchen: „Ja, ja, die Luft hier ist sehr gesund. Viele kommen extra deswegen hierher."

„Eine Art Luftkurort?", meinte der mit dem Bart.

„Ja, die Luft ist sehr heilkräftig", nickte das Mädchen.

„Und wo genau sind wir hier?", fragte die Frau. „Wir haben unsere Wanderung bei einem völlig anderen Wetter angefangen. Jedenfalls, im Zug sah es draußen richtig trübe aus und wir dachten, es fängt jeden Augenblick an zu schneien, und dann haben wir vorhin Osterglocken auf der Wiese gesehen. Unglaublich. Ich fürchte, wir haben uns verirrt."

„Man vergisst oft die vorausgegangenen Ereignisse …", sagte der Fremde und fügte erklärend hinzu: „Eine Art psychischer Schutz."

„Wieso? Was für Ereignisse?", fragte der Bärtige.

„Das … Unglück.", antwortete das Mädchen mit leiser Stimme. „Es ging ja alles sehr schnell, wissen Sie."

„Was für ein Unglück?"

„Bitte, bleiben Sie jetzt ganz ruhig. Sie hatten einen Unfall und, nun ja, Sie sind alle drei tot", sagte der Mann so schlicht, als würde er sagen: *Es ist halb neun.*

„Es war eben ein sehr großes Zugunglück! Sekundentod!"

Und als die Drei verblüfft schwiegen, fuhr er fort: „Wissen Sie, die geistige Welt oder der Vorraum zum Himmel, ist nichts Nebulöses. Auch der Himmel besteht aus Materie nur in einer völlig anderen Zusammensetzung und viel feiner und beweglicher. Und er ist das Vorbild für die Natur auf der Erde. Schauen Sie sich die Wiese an!"

Die Drei blickten über die Obstbaumwiese und sahen, dass nun überall Krokusse dazugekommen waren und die Bäume standen in voller Blüte. „Die Frühlingsblumen auf der Winterwiese sollten einen sanften Übergang schaffen!“, sagte das Mädchen und lächelte. „Um Ihre Gedanken anzuregen. Hier ist alles wie ein großer Garten. Und denken Sie an das Lied: *Es ist ein Ros entsprungen … und hat ein Blümlein bracht, mitten im kalten Winter …*“

Die Frau hatte sich als erste gefangen und flüsterte: „Tot? Wir sind tot? Aber… aber ich lebe doch. Ich … ich habe einen Körper, ich atme, ich kann riechen, sehen, ich spüre meine Haut… Soll das meine Seele sein?“

Der Fremde blickte sie freundlich an und meinte: „Nennen Sie es Seele oder Geist, wenn Sie wollen. Ich habe Ihnen ja schon vorhin gesagt, dass das Geistige oder Seelische sehr massiv ist, innerhalb seiner eigenen Welt. Glauben Sie mir: Ihr irdischer Körper würde hier nichts taugen. Er wäre wie ein Hauch. Die Auferstehung ist eben eine deutliche Steigerung! Und: Sie können sogar ihren Pulsschlag spüren.“

Verwundert wandten die Drei sich zur Seite, prüften ihre neuen Körper und fanden, dass alles vollständig vorhanden war, nur viel vollkommener.

„Kneift mich mal in den Arm“, bat die Frau ihre beiden Begleiter. Sie kniffen sie halbherzig in den Unterarm.

„Ich spüre es genau. Wahnsinn!“

Plötzlich lachte der Glattrasierte auf, aber es war eher ein verrücktes Lachen.

„Was ist denn?“

„Mir fiel gerade noch eine Zeile aus dem Osterspaziergang ein: *„… denn sie sind selber auferstanden …*“

„Ja, das ist gut“, nickte die Frau und zitierte weiter, *„aus der Kirchen ehrwürdiger Nacht sind sie alle ans Licht gebracht.*“

Der Bärtige grinste: „Erleben Sie die Klassiker live! Oder noch besser: Weihnachten und Ostern an einem Tag!“

Das Liebespaar hatte geduldig die Prüfung und die Kommentare abgewartet. Als die Wanderer sich wieder zu ihnen umdrehten und nicht so recht wussten, was sie nun machen sollten, sagte das Mädchen: „Und nun, gehen Sie ruhig weiter. Er kommt Ihnen entgegen, wie er es gesagt hat."

„Wie? Was? Wer?", fragten die Drei durcheinander.

„Er nennt sich: Ich bin, der ich bin", antwortete das Mädchen und lachte, „aber das müssten Sie doch wissen! Und haben Sie keine Angst, er wird mit Ihnen Ihr Leben beleuchten und einiges aufarbeiten. Er kennt sich aus, ist ja selber mal Mensch gewesen. Sie erinnern sich? Weihnachten?"

„Und was passiert, wenn er …?", der Bärtige ließ den Satz unvollendet.

„Nun, dann wird sich zeigen, wie viel ihr Leben wert war."

„Aufarbeitung … ein komischer Ausdruck."

„Früher sagte man dazu Jüngstes Gericht", erklärte der Mann.

„Das Jüngste Gericht hab ich mir aber immer anders vorgestellt", sagte die Frau mit einem verwirrten Gesichtsausdruck.

„Na ja", das Mädchen lächelte nachsichtig, „in der Bibel stehen ja keine zukünftigen Gerichtsprotokolle, sondern Gleichnisse. Das ist ein Unterschied."

„Und dann? Ich meine, was kommt nach dieser … dieser Aufarbeitung?"

Der Mann blickte die Drei fast erstaunt an. „Nun, dann wird sich zeigen, ob Sie besser in den Himmel oder in die Hölle passen."

„Ach", meinte der Glattrasierte leicht irritiert, „Sie meinen, diese Hölle, wo man geröstet wird, die … die gibt es wirklich?"

„Vergessen Sie ihre lächerlichen Vorstellungen", sagte der Mann. „Die Hölle ist wie ein Leben ohne Nächstenliebe mit allen Folgen. Und wenn Sie dorthin kommen, werden sie merken, dass Sie diesen Zustand selbst gewählt haben."

Der Bärtige schüttelte verwundert den Kopf: „Wie kann man sich im Ernst ein Leben ohne Liebe wünschen?"

„Es kommt darauf an, wen man liebt“, sagte der Fremde. Und seine Begleiterin fügte fast entschuldigend hinzu: „Es gibt eine Menge Leute, die nur einen einzigen Menschen lieben: sich selbst und niemanden sonst. Sie brennen vor Selbstsucht.“ Dabei blickte sie betreten zu Boden, als hätte sie etwas Unanständiges gesagt.

„Sie brennen vor Selbstsucht“, wiederholte die Frau mit dem gefütterten Mantel, den sie inzwischen ausgezogen hatte. „Das ist also das … das Fegefeuer?“

„Nennen Sie es wie Sie wollen … Manche befinden sich schon auf Erden darin und merken es nicht einmal“, fügte das Mädchen hinzu.

Einen Augenblick war es still, dann wandte sich das Paar zum Gehen. „Ich hoffe, wir sehen uns“, meinte das Mädchen im Weggehen.

„Und … und“, stammelte der Mann mit Bart, „warten Sie! Wer sind Sie denn eigentlich?“

„Wir?“ Die beiden blickten sich lächelnd an. „Wir sind Engel. Was denn sonst?“

„Na, das passt ja zu dieser Weihnachtsstimmung mit Osterglocken“, sagte der Glattrasierte.

Noch eine Weile blieben die Wanderer stehen und sahen den Beiden nach.

„Ich fasse es nicht!“, sagte der Glattrasierte schließlich nach einer Weile. „Wir sind tot und leben doch und zwar noch viel stärker als vorher. Warum hat uns das denn keiner gesagt?“

„Vielleicht hat man es uns gesagt und wir haben es nur überhört?“, meinte die Frau leise.

„Wie meinst du das?“, fragte der Bärtige.

„Warst du noch nie in einem Gottesdienst? Und hast du noch nie das Glaubensbekenntnis gehört: … *Ich glaube an die Auferstehung der Toten und das ewige Leben?*“

Die Männer schwiegen.

„Meine Güte, wenn ich das geahnt hätte, dass es so etwas gibt“, rief der Bärtige aus, „dann … dann hätte ich mir nicht immer so viele Sorgen gemacht und außerdem …“

„Schaut mal!“, unterbrach ihn die Frau aufgeregt. „Da vorne ist etwas! Eine große Stadt und ein Licht oder irgendetwas Leuchtendes! Und es kommt auf uns zu!“

* * *

13 DANKSAGER AUS DEM MORGENGRAUEN

Dritter Advent. Endlich das Gefühl von Winter. Leichter Schneefall und der Himmel dunkelgrau. Am Ufer des Sees knistert trockenes Schilf, reibt aneinander als ob der See flüstern könnte. Neben der alten Straße aus Kopfsteinpflaster runde Kuhlen von Hasenpfoten, überlagert von Rehspuren.

Als sich der morgendliche Jogger dem See nähert, löst sich ein Rauschen aus dem Schilf, das ihn zusammenzucken lässt: Wasservögel. Und dann wieder Stille. Nur das Tipp-Tapp der eigenen Schritte.

Ein Backsteinhaus kommt in Sicht, und ein Licht aus dem Fenster fällt gelb in die Dämmerung. Das Restaurant erwacht zum frühen Frühstück. Aber nicht für ihn.

Unter dem Schnee spürt er grob gehauene Feldsteine, die rutschig werden. Der alte Damm, der die Insel mit dem Festland verbindet. Er lenkt seine Schritte an den Straßenrand.

Zwei Autos überholen ihn, wenden und bleiben stehen. Ob das Angler sind?

Was kümmert es ihn?

Seine Beine tragen ihn gedankenlos weiter, über den leeren Parkplatz in den schmalen Weg am See entlang. Naturschutz statt Sperrgebiet. So ändern sich die Zeiten.

Aber die alten DDR-Betonplatten, denkt er, *liegen unverändert immer noch da. Auch am Ostharz haben sie die Wende überdauert. Festgemauert in der Erden … Ach nein, das war Schillers Glocke.*

Manches bleibt eben erhalten, überdauert alles. Auch der Platz bei der alten Klopstock-Eiche. Du kannst nicht alles wegwischen, was war.

Wenn er daran denkt, damals als junger Soldat an der Grenze … Man konnte von hier aus in den Westen schwimmen.

Aber er hat alle vorher abgefangen, na gut, vielleicht nicht alle.

Und jetzt joggt er hier, um das gute Essen abzustrampeln. Grotesk!

Gestern hat er das Mahnmal gesehen, nicht weit von hier, wo sie die Selbstschussanlagen gebaut haben. Erschossene junge Männer, und der Richter hat den Erbauer nicht verurteilt. War ja keine direkte Tötungsabsicht gewesen.

Wie kann es sein, dass er das damals alles okay fand?

Gut, wenn man in diesem System aufwächst … Aber die erschossenen Toten waren auch in diesem System aufgewachsen …

Weg mit den Gedanken!

War vielleicht doch nicht so gut, hierher zurückzukommen und Urlaub zu machen. Er will jetzt die Natur genießen. Vorweihnachtszeit, Winterstimmung, Väterchen Frost.

Die Kälte hat sich für ihn verflüchtigt. Sein Körper ist warm in der Bewegung. Und der Himmel wechselt zu hellgrau.

Schilf biegt sich in der Morgenbrise, raschelt trocken, flüstert lauter. Ein Zittern durchläuft den See. Der Weg wird schmaler. Die Platten enden, und weiter oben sind ein paar Dächer zu erkennen. Der Kirchturm mit seinen alten Holzschindeln.

Der Jogger wendet. Obwohl es derselbe Weg ist, hat sich doch die Welt umgedreht. Wieder der leere Parkplatz, wieder das Restaurant, in dem jetzt drei Fenster gelb den Morgen durchbrechen. Und wieder die Autos. Zwei einsame Gestalten am Steg, bewegungslos. Also tatsächlich Angler.

Der Weg steigt an, windet sich in die Wolken, vorbei an dem Gut des Grafen, der nach der Wende zurückgekommen ist, feudal auferstanden.

Eine Wegkreuzung tut sich auf und ein paar einsame Häuser im Hintergrund. Der Jogger wird langsamer. Vor einem der Häuser, einem Doppelhaus, steht ein fremder Mann mit grauem Bart und reibt sich die kalten Hände. Er scheint auf etwas zu warten.

Sie begrüßen sich.

„Morgen."

„Morgen."

„Wissen Sie, ob die Leute in dem Doppelhaus schon lange hier wohnen?", fragt der Fremde den Jogger.

Der Jogger nickt. „Ja, die wohnen schon lange hier. Ich bin in der anderen Hälfte untergebracht, eine Ferienwohnung für ein paar Tage Kurzurlaub. Werden Sie erwartet?"

Der Fremde zuckt die Schultern. „Nein. Aber ich würd' gern mit den Leuten reden."

„Günter und Ruth Sehlenkamp", sagt der Jogger und gähnt.

„Ja, steht an der Klingel. Ob die noch schlafen?"

Jetzt erst sieht der Jogger den Wagen des Fremden, der halb versteckt hinter dem Haus parkt.

„Ich denke schon. Sieht zumindest alles noch dunkel aus. Aber, wenn es dringend ist, dann klingeln Sie doch. Sind eben Rentner, die stehen nicht so früh auf."

„Dringend ist es nicht. Na ja … wollte nur kurz mit ihnen reden."

„Also, wenn es nichts Dringendes ist, da würde ich noch ein bisschen warten."

„Meinen Sie?"

Da der Jogger nichts sagt, bleibt es still.

Allmählich wird dem Jogger kalt, und er möchte in seine Ferienwohnung. Duschen, umziehen. Ob das alles überhaupt stimmt? Man kommt doch nicht mit dem Auto am frühen Morgen zu irgendwelchen fremden Leuten angefahren, nur um etwas zu bereden, das nicht dringend ist! Oder hat er den Mann überrascht, als er einbrechen wollte?

„Wissen Sie", fängt der Fremde wieder an, „das ist … für mich schon irgendwie wichtig, aber trotzdem …"

Der Jogger nickt, als ob er den Satz verstanden hätte und überlegt, wie er möglichst schnell die Unterhaltung beenden kann. Ob er nachher den Nachbarn per Telefon vorwarnen soll?

Jetzt scheint der Fremde aber einen Entschluss gefasst zu haben, denn er kratzt sich am Kopf und holt den Autoschlüssel aus der Hosentasche.

„Ist tatsächlich noch ziemlich früh. Dann komm ich später nochmal …" Er dreht sich um.

„Ja, tun Sie das."

Endlich, denkt der Jogger und öffnet seine Tür.

Aus dem Wohnzimmerfenster sieht er, wie der Mann in den Wagen steigt, wendet und zurückfährt.

Inzwischen hat sich die Sonne durch den Dunst geschoben und taucht die Grauschleier in orangefarbene Töne. *Wird vielleicht doch noch ein klarer Wintertag*, denkt der Jogger.

Als er geduscht hat und angezogen ist, setzt er sich zu einem sportlichen Frühstück mit Früchten und Tee an den Tisch und blickt durch das große Wohnzimmerfenster in den Wintermorgen. Nur noch zehn Tage, dann ist schon wieder Weihnachten, denkt er. Aber es ist schön, vor den Feiertagen nochmal aus allem rauszukommen.

Er nippt an seinem Tee. *Es hat sich kaum etwas verändert seit damals. Sicher, die Bäume sind gewachsen und die Schranken gibt es nicht mehr, aber dieses Doppelhaus war damals auch schon da. Und er meint sich zu erinnern, dass es sogar die gleichen Leute sind, die hier immer noch wohnen. Natürlich waren sie damals jünger und mit Kind. Und auf der Insel soll es jetzt einen Baustopp geben. Man darf hier keine neuen Wohnhäuser bauen. Naturschutz eben.*

Draußen sieht er eine Bewegung. Das Auto des Mannes von vorhin fährt langsam den Weg entlang und parkt wieder neben dem Doppelhaus.

„Schau an, er ist tatsächlich zurückgekommen", murmelt der Jogger und beobachtet, wie der Mann aussteigt, an der Nachbarstür klingelt, ein paar Worte spricht und hereingebeten wird.

Vielleicht stimmt seine Geschichte doch. Wenn ich ihn bei einem Einbruch gestört hätte, wäre er nicht zurückgekommen.

Der Jogger hätte gern gewusst, was der Mann nun eigentlich auf dem Herzen hat, aber die Dämmung zwischen beiden Haushälften ist gut ausgefallen. Man hört fast nichts vom anderen.

Er steht auf, macht seinen Abwasch und öffnet sein Notebook, um herauszufinden, wie das Wetter werden wird.

Es bleibt kalt, erfährt er.

Wieder eine Bewegung vor dem Fenster. Er sieht den Fremden, der herzlich, fast überschwänglich von Ruth Sehlenkamp verabschiedet wird, in den Wagen steigt und langsam davonfahren.

Jetzt hält es der Jogger nicht mehr aus. Er klappt sein Notebook zu, greift nach seinem Schlüssel und geht nach draußen.

Er wird bei den Nachbarn klingeln, von seiner Morgenbegegnung erzählen und dass er den Verdacht hatte, der Mann wollte einbrechen. Dann werden die beiden schon irgendetwas dazu sagen.

Er geht zum Eingang und klingelt.

Günter Sehlenkamp macht auf.

„Ach, Sie sind's!"

„Ja. Ich wollte nur kurz sagen, dass ich sehr früh hier vor dem Haus einen Mann getroffen habe, der zu Ihnen kommen wollte, um irgendetwas zu bereden. Das Ganze hörte sich für mich seltsam an und da …"

„Günter, nun lass doch unseren Nachbarn herein." Die Stimme der Ehefrau aus dem Hintergrund.

„Kommen Sie, kommen Sie", sagt der Alte, „eine irre Geschichte!" Er winkt ihn herein.

Ruth Seelenkamp hat inzwischen einen neuen Becher geholt: Rot, mit weißen Tannenbäumen verziert.

„Sie trinken doch noch einen Schluck Tee mit uns?"

„Ja, gerne. Warum nicht?"

Er nimmt an dem viel zu großen Esstisch Platz, auf dem noch Frühstückstassen stehen, auch die benutzte des Fremden.

Mitten auf dem Tisch steht ein üppiger Adventskranz. Wahrscheinlich selbstgemacht. Tannengrün, Mistelzweige, Lorbeerblätter sind in einen kompakten Ring geflochten.

Drei dicke, grüne Kerzen brennen.

Jetzt erst merkt der Jogger, dass er in seiner Ferienwohnung überhaupt keinen weihnachtlichen Schmuck hat. Zuhause eigentlich auch nicht. Das war immer die Sache seiner Eltern gewesen. Weihnachten war für ihn so ein seltsamer religiöser Brauch, über den die Eltern redeten. Hauptsache, es gab Geschenke und einen geschmückten Baum. An den Adventskranz erinnerte er sich auch, aber nicht mehr daran, wozu er da war. Kirche war für ihn weit weg gewesen. Eine fremde Welt.

Hier sieht er Fensterbilder, die weihnachtliche Szenen darstellen: Krippe mit Hirten, drei Kamele mit Reitern, Sternmotive. Aber warum die drei Kamele?

Es riecht irgendwie süßlich nach Lebkuchen.

„Tja", sagt Günter und trinkt einen Schluck, „das war eine Überraschung. Muss ich schon sagen. Sachen gibt's …"

„Also stimmte es, dass der Mann etwas mit Ihnen bereden wollte?"

„Absolut", nickt der Alte.

„Nun erzähl doch schon, Günter! Sonst fang ich an. Aber es ist ja doch deine Geschichte."

„Richtig. Also, die Geschichte beginnt vor ungefähr dreißig Jahren."

„Zweiunddreißig", korrigiert Ruth, „wenn man's genau nimmt. In diesem Jahr wurde unser Sohn geboren."

„Gut, also zweiunddreißig."

Das ist ja nun wirklich lange her", sagt der Jogger.

„Wir wohnten schon damals in diesem Haus. Es war Frühling, denn ich war damit beschäftigt, Erde umzugraben. Das war ein Stück weiter. Ich hab das Grundstück nur bearbeitet und Pacht bezahlt, Kartoffeln und Gemüse angebaut."

Der Jogger blickt auf. „Aber vor zweiunddreißig Jahren, da war das doch hier alles Sperrgebiet. Das Festland war ja schon Westen. Konnten denn hier überhaupt Leute wohnen?“

Er hat ein komisches Gefühl und tut so, als sei er der ahnungslose Westler. Er will lieber nicht sagen, dass er hier Wache geschoben hat vor über dreißig Jahren.

„Doch, doch. Man konnte schon wohnen, aber es war nicht immer einfach. Einmal musste meine Frau dringend ins Krankenhaus, da hat sich wegen der Schranken alles verzögert. Ich bin fast durchgedreht. Monatelang war ich auf unseren Staat sauer.“

„Aber Sie waren doch sicher hundertfünfzig Prozent überzeugter Sozialist, oder? Sonst hätten Sie doch nicht hier wohnen können, so dicht neben der Grenze …“

„Nein, so streng war es auch wieder nicht. Es gab eben verstärkte Sicherheitsbestimmungen, das schon. War ja auch klar: Wir konnten ja von unserer Insel aus fast in den Westen spucken. Weiter weg, haben sie an der Grenze auch Selbstschussanlagen gebaut … Vollkommen irre!“ Günter schüttelt den Kopf und fährt fort: „Jedenfalls, ich stehe also auf diesem Stück Land und buddle vor mich hin. Da seh‘ ich eine Bewegung. Ein Mann kommt langsam und vorsichtig aus dem Wald und überquert die Felder.

Mir war sofort klar, was der vorhatte. Der wollte zum Ufer und von dort in den Westen rüberschwimmen. Er hat mich noch nicht gesehen und geht mit langen Schritten, zwanzig Meter an mir vorbei. Wahrscheinlich war ich von einem Baum verdeckt gewesen.

Ich bleibe bewegungslos stehen. Und da sieht er mich plötzlich. Wir blicken uns kurz an. Wortlos. Ich hätte ja etwas tun können oder rufen können, aber es fiel mir nichts ein. Wachen waren ja überall. Junge Kerle, die nur scharf darauf waren, jemanden zu schnappen.“

Der Jogger schluckt.

„Ich dachte nur“, sagt Günter, „das arme Schwein ist schon

so weit gekommen, an den Posten vorbei. Warum soll ich da was unternehmen? Klar, ich war damals kein Regimegegner und mit unserem Staat solidarisch, aber soll ich so einen Mann, der verzweifelt versucht rauszukommen, daran hindern? Nee, das wollte ich nicht. Jeder hat seine eigene Geschichte. Also bleib ich stehen und tue so, als ob wir uns nicht gesehen haben."

„Wenn jemand erschossen wird, nur, weil er in ein anderes Land will", wirft Ruth ein, „das kann nicht richtig sein."

„Ja, genau", nickt Günter. „Ich konnte ihn einfach nicht anzeigen oder rufen. Das wär' mir wie ein Verrat vorgekommen." Er lacht auf. „Hört sich seltsam an. Na ja, jedenfalls, ich blicke ihm nur hinterher. Seine Schritte werden immer schneller, schließlich rennt er auf den Waldstreifen am Ufer zu, und ich grab weiter die Erde um.

Kaum ist er verschwunden, tauchen auch schon zwei Grenzer auf. Die kommen direkt zu mir rüber und fragen mich aus.

Ob ich jemanden gesehen hätte, der hier vorbeigekommen sei.

„Ich bin hier am Umgraben", sage ich, „und von überall zu sehen. Da wird wohl kaum jemand direkt bei mir vorbeikommen ..."

Wortlos gehen sie weiter. Irgendwann später habe ich Schüsse gehört und gehofft, dass sie ihn nicht erwischt haben.

Was sind das für Zeiten, habe ich noch gedacht, in denen man erschossen werden kann, nur, weil man seinen Wohnort wechselt?

Ruth und ich haben oft über diese Sache gesprochen. In den Nachrichten bei uns tauchte mein Flüchtling jedenfalls nicht auf. Später hat ein Bekannter, der ein Transistorradio hatte, davon geredet, dass die Sache im Westen für Schlagzeilen gesorgt hat."

Er macht mit dem Sprechen eine Pause und trinkt einen Schluck Tee.

„Und heute Morgen klingelt es. Ich mache auf, der Mann sagt, er müsse mir etwas Wichtiges mitteilen. Wir bitten ihn herein und er erzählt, dass er dieser Mann gewesen ist, der vor zweiunddreißig Jahren vorbeigekommen sei. Und er hätte es damals in den Westen geschafft und er wollte sich bei mir nach all den Jahren persönlich bedanken, dass ich ihn hab laufen lassen."

Günter Sehlenkamp blickt zu seiner Frau hinüber.

„Wir waren beide geplättet. Nach dreißig Jahren kommt jemand hier vorbei und bedankt sich. Dass es sowas gibt!

Ruth Sehlenkamp schnäuzt sich die Nase.

Der Danksager aus dem Morgengrauen, denkt der Jogger.

„Wissen Sie", sagt Günter zu ihm, „das ist für mich das schönste Weihnachtsgeschenk. Ich glaube zwar nicht an Gott und an den ganzen Kram, aber heute habe ich fast den Eindruck gehabt, als ob da jemand etwas gedreht hat. Ein bisschen zu viel Zufall."

Der Jogger nickt, verabschiedet sich nach einer Weile und schlendert gedankenverloren in seine Wohnung zurück. Vor der Haustür dreht er sich plötzlich um und geht den Weg weiter durch den Wald zum See hinunter.

Es sind kaum Wellen zu sehen, nur ab und zu lässt der Wind das Wasser kräuseln, wenn er darüber weht. Das Wasser ist sogar klar. Man kann die Kieselsteine sehen. Eine Entenfamilie sucht nach etwas Essbarem. Ab und zu kommt die Sonne durch und lässt das Wasser aufblitzen. Und keine hundert Meter weiter am anderen Ufer waren die alten Bundesländer.

Er stellt sich vor, wie der Mann damals ins Wasser gesprungen ist, um über den See auf die andere Seite zu schwimmen. Im Frühling sicher eiskalt. Und jeden Augenblick hat er damit gerechnet, dass geschossen wird.

Der Jogger denkt daran, dass er selber geschossen hätte. Er hätte es getan, ohne zu zögern.

Aber es hat niemand geschossen, weil ein anderer geschwiegen hat. Manchmal dauert eben der Dank für Weihnachtsgeschenke etwas länger.

* * *

14 ALLES UMSONST

„Was für ein Genuss, ein geradezu ästhetischer Genuss, dieser Sonnenuntergang im Dezember über einem verschneiten Wald. Herrlich! Wenn man ihn fotografieren würde, wäre es kitschig. Aber das ist echte Schönheit. Genießen wir sie, solange wir noch sehen können. Und glauben Sie bloß nicht, Schönheit sei teuer. Alles wirklich Schöne, jeder wirkliche Genuss ist nämlich umsonst!!

Ja, das glaubt man nicht. Aber ich nenne Ihnen mal ein paar Beispiele: Den Sonnenuntergang hatten wir ja schon. Eine schöne Frau in der U-Bahn zum Beispiel können Sie völlig umsonst betrachten und mit einem Gebet an den Schöpfer vor ihr auf die Knie sinken. Oder der gewaltige Wasserfall, über dem die Sonne steht, die unentwegt Regenbögen durch die Tropfen wirft. Oder nehmen wir die Musik, diese schöne, harmonische Wendung bei Brahms, zum Beispiel. Nach zwei Takten befinden wir uns in einer völlig anderen Tonart. Und wenn man die Augen schließt, erklärt Ihnen Johannes Brahms, dass es im Himmel wunderschöne Wohnungen gibt, mitten in einem Requiem. Was für ein Genuss!

Gut, Sie haben vielleicht achtzehn oder zwanzig Euro gezahlt, aber ich nicht, ich singe ja mit und habe keinen Cent ausgegeben. Und was sind schon zwanzig Euro, ich bitte Sie! Zwanzig Euro für diese Schönheit. Zwanzig Euro geben Sie aus, wenn Sie zum Italiener gehen. Bei der Vorspeise. Ist zwar auch schön, aber nach einer Stunde ist alles weggegessen und in sechs Stunden alles verdaut. Die Musik von Brahms bleibt. Sie können sie abrufen. In ihrem Kopf. Das Essen beim Italiener nicht.

Und wenn sie es aus dem Magen tatsächlich abrufen, wird es keiner mehr essen wollen.

Schönheit! Millionen von wunderschönen Steinen können Sie an irgendeinem Strand auflesen.

Was sagen Sie? Die Schönheitsfarmen und Schönheitssalons werden immer teurer und dennoch die Menschen immer weniger schön? Ich sage Ihnen: Alles, was etwas kostet, ist keine echte Schönheit und kein echter Genuss. Schauen Sie sich doch die braungebrannten Gesichter aus den Sonnenstudios an. Da kann man doch nur sagen: Die Mumien lassen grüßen, die sind nämlich auch ziemlich braun.

Und gibt es überhaupt noch Leute, die Weihnachten genießen können?

Das sind wenige. Warum? Weil auch Weihnachten etwas kostet. Und trotzdem ist zum Beispiel im Weihnachtsfest echte Schönheit versteckt, die man genießen kann.

Als Josef und Maria ihr Neugeborenes zum ersten Mal betrachtet haben, da haben sie sicher nicht als erstes gesagt: „Schön!" Oder: „Was für ein Genuss!" Vielleicht: „Endlich!" Oder: „Dem Himmel sei Dank!" oder: „Alles noch mal gut gegangen!" So in der Art. Es war ja auch nicht wirklich schön in so einem Stall oder einer Höhle. Wahrscheinlich war nicht einmal richtig aufgeräumt worden.

Aber als die Hirten kamen, kam eine besondere Art von Schönheit in diesen dunklen Stall. Nicht, dass der Stall schöner aussah oder dass die Hirten besonders schön aussahen. Sie hätten sicher nicht bei einem Schönheitswettbewerb gewonnen. Und ob Maria wirklich schön war, wissen wir auch nicht. Sie war ein junges Mädchen, vielleicht sechzehn oder fünfzehn. Aber nirgends wird uns berichtet, dass sie schön war. Spielt ja auch bei einer Geburt keine Rolle.

Kein Arzt sagt nach der Geburt zur Mutter: „Meine Güte, sehen Sie aber schön aus! Ihre Geburt war ein Genuss!" Und wenn er es doch sagen würde, würde man sich wundern.

Dennoch behaupte ich, dass sich bei der Geburt im Stall eine besondere Art von Schönheit ausgebreitet hat, zumindest als die Hirten kamen, diese unschönen, ungehobelten Burschen.

Manche Maler haben das so ausgedrückt, dass sie in ihren Weihnachtsszenen überall Engel hineingemalt haben, obwohl das streng genommen im Weihnachtstext gar nicht steht. Die Engel sollen auf den Feldern, draußen bei den Schafen erschienen sein.

Jede Menge. Und die haben ja auch sehr schön gesungen. Aber im Stall selbst wurden sie nicht gesichtet und – wie gesagt – trotzdem behaupte ich, dass eine besondere Schönheit bei der Geburt in den Stall eingezogen ist. Eine Schönheit, die man mit einem Handy nicht hätte fotografieren können. Manches lässt sich eben nicht technisch einfangen.

Trotzdem versuche ich es mal zu beschreiben: Als die Hirten den Stall gefunden und nun vor der Krippe gestanden haben, da waren diese rauen Burschen plötzlich einsilbig geworden. Das, was der Engel angekündigt hatte, war eingetreten. Es war keine Täuschung gewesen. Und sie fingen an zu begreifen, dass Gott für sie ein Wunder vollbracht hatte, dass sie die ersten waren, die den Messias begrüßen durften. Ausgerechnet sie, die Hirten, Leute von ganz unten.

Dieses Baby, das sie mit großen Augen anstarrte und vielleicht weinte über den plötzlichen Besuch, war der Messias, auf den das ganze Volk Jahrhunderte lang gewartet hatte.

Das war Gänsehaut pur. Alles Großspurige, alle Angeberei, alle Sprüche, die sie sonst so draufhatten, all das war verschwunden und hatte Platz gemacht für eine Haltung, die ich mit heiliger Ehrfurcht umschreiben würde.

Damals zogen die Leute ihre Schuhe aus, um das auszudrücken. Sie erinnern sich vielleicht an Mose, dem es bei dem brennenden Dornbusch ähnlich erging.

Ja, da kann es einem schon die Schuhe ausziehen, wenn der verheißene Messias als Säugling plötzlich vor einem liegt. Und diese Haltung der Hirten, das ist auch eine Art von Schönheit.

Das Gesicht wird durchsichtig und ehrlich, eine ungekünstelte Ergriffenheit überzieht Augen und Mund. Maler aller Epochen haben das mit Lichtstrahlen oder Engeln wiedergegeben, die im Stall waren, obwohl man sie nicht sehen konnte.

Diese schöne Ergriffenheit gab es umsonst. Die Hirten mussten nichts dafür bezahlen. Wahrscheinlich haben sie selbst es gar nicht wahrgenommen. Gut, sie mussten sich auf den Weg machen und den Engeln vertrauen, das schon.

Und wenn Sie irgendwann in der Weihnachtszeit merken: Meine Güte, wir feiern das Erscheinen der Güte Gottes auf der Erde. Wir feiern, dass Gott ein wirklicher Mensch wurde, gütig, zerbrechlich, sterblich, der für eine Zeitlang sichtbar und greifbar unter uns gelebt hat. Wenn Ihnen das in der Weihnachtszeit aufgeht, dann haben sie einen Hauch von Schönheit erlebt. Eine Schönheit, die man nicht sofort sehen kann, die es völlig umsonst gibt und die den Kern von Weihnachten enthält. Ich wünsche Ihnen gesegnete, „schöne“ Weihnachten.

* * *

15 TORGAANS LIEBLINGSLIED

Nieselregen Anfang Dezember, schmieriger Belag auf den Straßen. Der Parkplatz ist überfüllt, aber es gibt noch eine winzige Lücke. Stefan Berger spannt den Schirm auf und hastet zu einem Gebäude: Backsteingotik, feucht-rot.

Warten vor dem Gittertor. Das elektronische Auge leuchtet auf, schickt sein Bild an die Pforte. Summton, Eintritt erlaubt. Die Tür öffnet sich.

Er geht ein paar Schritte weiter, während ein Rinnsal von seinem Schirm in die Schuhe tropft. Wieder eine Klingel und wieder der Summton. Ein Warteraum mit Glaswand in der Mitte. Bestimmt kugelsicher. Es riecht nach Leberwurst und Punsch.

„Guten Tag, ich möchte zu Ronald Torgaan. Ich heiße Stefan Berger. Mein Besuch ist angemeldet."

Der Mann hinter der Scheibe nickt. Zwei neugierige Augen unter einer Schirmmütze.

„Schieben Sie bitte Ihren Ausweis durch!"

Sein Gesicht wird geprüft.

„Gehen Sie quer über den Hof zu Gebäude B und klingeln Sie nochmal."

„Und mein Perso?"

„Der bleibt solange hier."

Es kommt ihm seltsam vor, dass man ihm, dem unschuldigen Bürger, den Ausweis abnimmt, aber mit einem Achselzucken geht er ausweislos den vorgeschlagenen Weg bis zu Gebäude B. Von einer Platane tropft es auf den Kies. Zwei Männer stehen unter einem Dach und rauchen, blicken ihm nach. Einer grinst.

Gebäude B ist ein Zementquadrat, das von grünen Gittertoren abgeschirmt ist. Sechs Meter hoch. Keine Chance, darüber zu klettern. Aber immerhin grün. Zum dritten Mal klingelt er. Es knattert.

„Ja?" Die Stimme aus der Sprechanlage presst sich durch die Wand.

Er wiederholt seinen Vers.

„Warten Sie, der Pfleger kommt gleich."

Zwei Minuten später kommt ein Mann. Normal angezogen, hätte genauso gut Busfahrer sein können. Schlüsselklirrend öffnet er.

„Na, dann kommen Sie mal mit!"

Wieder eine Tür, die aufgeschlossen werden muss, danach noch eine.

Als ob man einen Raubtierkäfig betritt.

Endlich in der Cafeteria, eine Insel im Meer der Schlösser, in der noch andere Straftäter mit ihren Gästen sitzen. Fenster mit Gardinen im schwedischen Stil.

Ein Paar weiter hinten im Dauerkuss erstarrt. Der Pfleger nimmt ihm den Regenschirm ab.

„Nur zur Sicherheit. Sie bekommen ihn nachher wieder."

Ein Mann steht auf und kommt auf ihn zu. Mittelgroß, mager, mit einem hungrigen Blick, schwarze Haare, glattrasiertes Gesicht.

„Hallo, Herr Berger, ich bin Ronald Torgaan. Wir haben telefoniert."

Berger erkennt die geschmeidige Stimme. Kurzer, trockener Händedruck. Sie setzen sich.

„Ich habe Kaffee für Sie gemacht. Sie ... trinken doch mit?"

Berger nickt: „Klar. Mit Milch, ohne Zucker."

Torgaan gießt aus der Thermoskanne den zweiten Becher ein und sagt: „Schön, dass Sie gekommen sind. Sie sehen wie ein echter Sozialpädagoge aus: Dreitagebart, nachlässige Kleidung. Perfekt."

Berger grinst: „Bin aber mehr in der Verwaltung."

„Also, kein direkter Kundenkontakt nach draußen?"

„Ab und zu. Aber ich mache normalerweise keine Betreuungsarbeit vor Ort."

„Liegt Ihnen das nicht?"

Vorsicht Stefan, der Mann ist sozial ausgehungert. Lechzt förmlich nach persönlichen Infos.

„Nein, sagt Berger. Was ich auf dem Amt sehe, reicht mir."

„Und ich?", fragt Torgaan. „Bin ich kein Kontakt nach draußen?"

„Ja, schon, ich ... bin mehr als Privatperson hier. Hab mich jedenfalls am Telefon von Ihnen breitschlagen lassen, Sie einmal im Monat zu besuchen. Ich bin Ihr ... sagen wir mal ... Ihr Realitätsbezug, Ihre Verbindung zur Außenwelt. Mehr ist nicht drin."

Torgaan lacht laut auf, sodass sich zwei Besucher umdrehen. Einer der Pfleger blickt zu ihnen herüber.

„Mehr ist nicht drin? Aber das ist mehr, als ich erwarten kann. Das ist fantastisch! Die meisten, die ich anrufe, um einen Kontakt aufzubauen, lassen mich abblitzen: Tut mir leid, sagen sie, Maßregelvollzug, das ist eine Nummer zu groß für mich.

Mein letzter Kontakt war ein Pastor. Der ist weggezogen. Und Sie sind gekommen! Ich muss halt nehmen, was ich kriegen kann. Glauben Sie an Gott?"

Berger ist verblüfft. Diese Frage mitten aus dem Zusammenhang gerissen! Er wirft den Ball zurück.

„Glauben S i e an Gott?"

„Klar. Anders kann man diese Scheiße hier doch nicht ertragen, oder? Jedenfalls, ich finde es klasse, dass Sie da sind und mich nachher zum Gottesdienst begleiten."

Sie trinken wie auf Kommando einen Schluck Kaffee. Berger fühlt sich etwas besser.

„Können wir nicht auf das Du übergehen?", fragt Torgaan plötzlich. „Ich finde das auf die Dauer einfacher. Ich bin Ronald."

Er streckt ihm die Hand hin.

Berger ist überrascht, fühlt sich überrumpelt.

Eben noch ein Kompliment bekommen und gleich danach noch mehr Nähe. Ob das Strategie ist? Und wenn schon, früher oder später wären sie vermutlich doch beim Du gelandet.

Er schlägt ein. Halbherzig.

„Okay. Ich bin Stefan."

Der Kerl ist raffiniert. Du weißt, dass du zu weichherzig bist. Du bist nicht umsonst in der Verwaltung. Also, das Gespräch bestimmen.

Sie reden über alles Mögliche: Essen, Sport, Frauen, Politik. Stefan blickt unauffällig auf die Uhr.

„Ich glaube, es ist Zeit."

„Ach ja, der Adventsgottesdienst. Schön, dass Du mitkommen willst. Obwohl ich immer noch nicht weiß, ob du an Gott glaubst."

Berger lächelt: „Ja, ich glaube schon irgendwie an Gott aber bin eher der nüchterne Typ. Mit den Wundergeschichten in der Bibel habe ich so meine Probleme. Man muss die Bibel so stehen lassen und kann nicht alles eins zu eins übertragen. Das finde ich naiv."

„Hm, dazu fällt mir eine Menge ein. Ist aber egal. Gehen wir."

Der Weg schlängelt sich an einem künstlichen See vorbei und endet an einer kleinen neugotischen Kirche.

Drinnen riecht es nach nassen Haaren und nach etwas Süßem. Der Raum ist gut gefüllt. Es soll nachher Punsch und Kekse geben.

Dezente Beleuchtung. Ein riesiger Adventskranz schwebt über dem Altar an einer Kette. Zwei Kerzen brennen.

Die elektronische Orgel setzt ein. Der Organist, einer der Insassen, spielt *I'm dreaming of a white christmas*. Der Pastor im Talar tritt vor, begrüßt alle und sagt: „Lasst uns das Eingangslied singen, es ist wohl das bekannteste Adventslied: Macht hoch die Tür."

Die Orgel variiert den Anfang, verliert sich in abstrusen Akkorden und findet schließlich wieder zurück. Dann setzen alle ein.

Nach den ersten zwei Zeilen, gibt es eine Unruhe. Einige stoßen sich an, Gemurmel schwebt über den Bankreihen, ein paar Männer kichern verhalten, bis einer prustet. Eine Frau lacht auf. Wie Wellen pflanzt sich das Lachen fort, bricht sich an den Wänden, schlägt zurück. Ein Meer aus Lachen.

Der Pastor ist konsterniert, macht stumm den Mund auf, schließt ihn wieder. Dann steht er auf, dreht sich halb empört, halb fragend um. Irritiert unterbricht der Orgelspieler das Stück.

In das Schweigen hinein fragt der Pastor: „Was ist denn los?"

Schweigen, das von ein paar leisen Glucksern durchsetzt ist. Schließlich schiebt sich ein dicker, bulliger Kerl durch die Bankreihen und stapft nach vorne.

„Also, das is so, Herr Pastor. Nichts für ungut, aber dieses Adventslied ist spontan ab heute unser Lieblingslied geworden."

Der Pastor hebt fragend die Schulter.

„Na ja", erklärt der Dicke und reibt sich die Hände, „es ist ja nicht einfach, hier reinzukommen und auch nicht einfach, wieder rauszukommen – für uns. Nicht für Sie. Und dann lassen Sie heute das Lied singen: *Macht hoch die Tür*. Tja, das ist uns sozusagen aus dem Herzen gesungen. Wir wollen nämlich alle, dass die Türen endlich hochgehen und aufgehen und die Tore sich weit in den Angeln drehen und die Schlüssel in den Schlössern klingeln. Das ist Musik in unseren Ohren und das hat uns eben … so fröhlich gemacht. Wir haben gar nicht gewusst, dass die alten Kirchenlieder von unseren Wünschen handeln. Und vielleicht hat dieser Typ, der das Lied gedichtet hat, nicht direkt an uns gedacht, aber der Song hat bei uns eingeschlagen. Und wir denken alle daran, dass irgendwann diese Tore für uns aufgeh'n werden, für den einen früher, für den anderen später. Stimmt doch, Leute, oder?"

Fast alle trampeln mit den Füßen.

„Ja, und deswegen mussten wir alle lachen. Nichts für ungut, Herr Pastor."

Der Gottesdienst nimmt seinen Lauf, aber er ist anders als vorher. Eine leichte, fröhliche Stimmung liegt über dem Ganzen, selbst die Kerzen scheinen heller zu brennen, als ob Gott beschlossen habe, dass die offenen Tore das Wichtigste im Advent seien.

Hinterher, nach dem Orgelnachspiel, das sich aus *Macht hoch die Tür* und *Ins Wasser fällt ein Stein* zusammensetzt, in einem anderen Rhythmus und seltsamen Akkorden, gibt es noch Kekse, Käsestangen und Punsch ohne Alkohol.

Stefan Berger macht auf Small-Talk, fühlt sich unwohl und ärgert sich, dass Ronald Torgaan ihn als *meinen* Sozialarbeiter vorstellt und sich über sein neues Lieblingslied kaum beruhigen kann.

Sie verabschieden sich und Torgaan fragt gleich nach dem nächsten Termin. Stefan wiegelt ab: „Ich ruf dich an."

Er geht zur Cafeteria und bekommt seinen feuchten Schirm zurück. Der gleiche Ritus beginnt von neuem, nur umgekehrt: Verschlossene Türen, klirrende Schlüssel, offene Türen, die Elektronik macht die Türen hoch und die Tore weit. Gang über den Hof, die Raucher sind verschwunden, Ausweis zurück, zweimal Summton. Die letzte Tür geht auf.

Noch nie ist ihm die Freiheit so groß geworden, als er jetzt über die Schwelle tritt. Die alten Texte! Das Lied ist eine Nachdichtung von Psalm 24, so hat es im Gesangbuch gestanden. Es hat wunderbare Auswirkungen bis heute.

Sein Weltbild, in dem Wunder keinen Platz hatten, ist erschüttert worden. Und als das Tor hinter ihm ins Schloss fällt, denkt er: Vielleicht eine gute Erschütterung.

* * *

16 DIESE WUNDERBARE UNVOLLKOMMENHEIT

An dem Morgen, als es passierte, schneite es. Nasser Schnee, der pappig vom Himmel fiel und für Schneematsch sorgte. Nicht unangenehm. Es war immerhin der erste Schnee in der Adventszeit und alle hofften auf eine weiße Weihnacht.

Aber kaum jemand nahm den Schnee richtig ernst und fegte ihn einfach weg, weil jeder wusste, dass er sowieso bald schmelzen würde. Nur auf den Astgabeln der Alleebäume und in den Vorgärten blieben die weißen Klumpen liegen.

Die Luft war angenehm frisch, als ob die feuchte, kühle Schneeluft die Lungen streicheln würde: Das hatte ich gemerkt, als ich die Mülltonne an die Straße stellte.

Nach dem Frühstück und einer gründlichen Zahnreinigung zog ich Mantel und Schuhe an. Gerade wollte ich die Schnürsenkel kräftig zuziehen und eine Schleife binden, da riss einer der Senkel ab.

Ich war schon unter Zeitdruck, weil ich einen Termin beim Zahnarzt hatte und ärgerte mich. Aber dann sah ich, dass der Schnürsenkel immer noch lang genug war, um eine vernünftige Schleife binden zu können. Ich musste nur mit der anderen Hälfte ein bisschen ausgleichen.

Nun kam der zweite Schuh dran. Sie werden es nicht glauben, aber auch beim zweiten Schuh riss der Schnürsenkel ungefähr an derselben Stelle ab. Es ist die reine Wahrheit, ich schwöre es bei den Fußsohlen meiner Großmutter.

Ein Schauder lief mir über den Rücken, als ich daran dachte, wie präzise die moderne Welt heutzutage arbeitet. Sie stellt ihre

Produkte so her, dass in einer bestimmten Zeit, auf die Minute genau, das Material ermüdet und reißt. Mein Respekt vor der Schnürsenkel-Industrie stieg.

Auch beim zweiten Schuh konnte ich noch mit der anderen Hälfte ausgleichen, band die Schleife und verließ das Haus, noch ganz erfüllt davon, dass ich eben Zeuge der Präzisionsarbeit einer mir unbekannten deutschen Schnürsenkelmaschine geworden war.

Wahrscheinlich gab es in der Schuhfabrik einen Computer, der die Schnürsenkel mit einem Laser erfasste und dann die Zeit berechnete, wann der Senkel reißen sollte.

Mein Vorschlag: Bitte, ab Werk einen kleinen Zettel beim Kauf anheften mit den Worten: „Sehr geehrter Kunde. Herzlichen Glückwunsch, dass Sie ein deutsches Qualitätsprodukt gekauft haben. Nach unseren Berechnungen wird der Schnürsenkel bei sorgsamer Pflege und einer durchschnittlichen Benutzung von einer Stunde pro Monat zweihundertdreiundzwanzig Wochen, vier Tage, sechs Stunden und einundvierzig Minuten halten." So in etwa.

Wenn man das weiß, wechselt man einfach den Schnürsenkel einen Tag vorher.

Ich verließ also das Haus, überquerte die matschige Straße und beschleunigte meine Schritte, um die Verspätung auszugleichen.

Wie üblich gab ich beim Zahnarzt meine Chipkarte ab, setzte mich in das Wartezimmer und sah den zahnlosen Fischen im Aquarium zu.

Da ich manchmal ein mitteilsamer Mensch bin, gab ich mein Schnürsenkel-Erlebnis zum Besten, und eine Frau, die mir gegenübersaß und unentwegt strickte, nickte heftig mit dem Kopf und sagte: „Das ist noch gar nichts. Neulich war ich auf dem Balkon, um die Pflanzen vor dem Winter reinzuholen und Tannenzweige auf die Blumenkästen zu stecken, da spürte ich, wie es leise unter mir knackte. Ich trat erschrocken einen Schritt zurück und sah einen feinen Riss meinen Balkon durchlaufen.

Abends, kurz vor Ladenschluss, kam ich mit meiner Nachbarin ins Gespräch und erfuhr zu meinem Erstaunen, dass auch bei ihrem Balkonboden an diesem Tag ein feiner Riss aufgetreten war. Wir wohnen in Reihenhäusern, die alle um dieselbe Zeit, nämlich 1983, gebaut worden sind."

Ich blickte beschämt zu Boden. Dagegen war mein Schnürsenkel-Erlebnis tatsächlich eine Lappalie.

„Vergessen Sie den Balkon", schaltete sich ein älterer Herr ein, der vier Meter von mir entfernt saß und offensichtlich an chronischem Mundgeruch litt.

„Wir waren letztes Jahr in San Francisco, und Sie werden es nicht glauben, aber an einem Sonntag sahen wir, dass in der ganzen Stadt eine bestimmte Häuserfarbe ..."

Leider konnte ich seine Erzählung nicht zu Ende hören, weil ich aufgerufen wurde.

Schweren Herzens verließ ich das Wartezimmer, nahm in dem bekannten Liegestuhl Platz und konnte nur hoffen, dass Gott nicht ganz so präzise arbeitete wie die deutsche Schnürsenkel-Industrie, denn das würde ja bedeuten, dass alle meine Zähne ungefähr zur selben Zeit einen Knacks bekämen oder dass meine Schienbeine im selben Monat brechen würden, dass meine Augen gleichzeitig blind würden und dass alle Planeten, die die gleiche Größe hatten und ungefähr zur selben Zeit entstanden waren, gleichzeitig auseinanderfallen müssten. Ich stellte mir gerade den Zettel vor, den ein fertiggestellter Planet in einem Planetenbetrieb bekommen würde:

„Vielen Dank, dass Sie sich für einen Qualitätsplaneten entschieden haben. Bitte rechnen sie damit, dass er mit 30 000 anderen Planeten, 20 Millionen Jahre, drei Monate, eine Woche und neun Tage halten wird und verlassen Sie bitte den Planeten eine Woche vorher."

Meine Güte, woran man alles denkt, wenn man mal auf seine Schürsenkel achtet!

Jedenfalls konnte ich wirklich nur hoffen, dass die wunderbare Unvollkommenheit, die dieses Universum bisher auszeichnete, auch so bleiben würde. Und zum ersten Mal durchströmte mich eine Welle von Dankbarkeit, Gott gegenüber, der das Kunststück fertigbrachte, eine unvollkommene und zerbrechliche Welt zu bauen und darin vollkommen Mensch zu werden, um uns von unserer Selbstsucht zu erlösen. Weihnachten, das Fest der unvollkommenen Vollkommenheit! Ich war plötzlich froh, dass die Erde nicht das Werk einer europäischen Weltraumindustrie war, sondern das Werk eines liebenden Gottes und dass ihre Zukunft unberechenbar blieb. Auch das Wetter haben wir bis heute zum Glück nicht vollständig im Griff.

Ich blickte nach draußen und sah, dass es aufgehört hatte zu schneien und die Sonne mit ihren unberechenbaren Sonnenflecken in das Zimmer schien.

Die Glastür öffnete sich, mein Zahnarzt kam auf mich zu und gab mir die Hand.

„Nun?", fragte er und unterbrach meine seltsamen Gedanken. „Was machen Ihre Zähne?"

„Danke", sagte ich, „es geht ihnen soweit gut. Nur am rechten unteren Backenzahn habe ich Probleme."

„Ist doch ein Glück", meinte der Arzt, „dass nicht alle Zähne zur selben Zeit kaputtgehen, was?"

Wie wahr! Ich nickte heftig und gab einen unartikulierten Laut von mir, weil die Helferin mir bereits zwei Watterollen in den Mund steckte.

* * *

17 DER GERUCH DES HEILIGEN

Ostfranken, in der Nähe von Treveris (Trier),
562 nach Christus

„Nein! Nicht! Hört auf! Verschwindet!“, stieß Frothard aus, der durch den Wald rannte und immer wieder in das feuchte Laub fiel, das der zusammen geschmolzene Schnee freigab. Aber Frothard blieb nicht liegen, sondern rappelte sich auf, blickte mit wilden, gehetzten Augen um sich und scheuchte mit den Armen irgendetwas fort.

Schließlich hatte er den Hügel erklommen und stand heftig atmend vor einem Tal, dessen Schneedecke schon grüne und braune Flecken freigab. Über den fahlen Abendhimmel zogen sich zwei Wolkenstreifen, die so aussahen, als habe der große Sonnenwagen seine Spuren hinterlassen, bevor er hinter dem Horizont in der Unterwelt verschwand. Aus zwei grauen Grasdächern stieg Rauch in die Luft. Das musste das Dorf Kylldal sein.

„Die Häuser“, seufzte Frothard, „endlich!“

Aber falls er gedacht hatte, seine Verfolger abgeschüttelt zu haben, hatte er sich gründlich getäuscht. Die Stimmen der Unsichtbaren umschwirrten ihn nach wie vor wie Schmeißfliegen ein rohes Stück Fleisch.

„Nein! Nicht schon wieder! Lasst mich in Ruhe“, brüllte Frothard verzweifelt. „Was wollt ihr von mir?“

„Wir wollen dich!“, hörte er eine knurrende Stimme, die so klang, als ob ein Hund das Sprechen übte.

„Ich nütze euch doch nichts. Was habt ihr denn an mir“, fing der Verfolgte an und bewegte sich langsam weiter. *Ich muss mit ihnen sprechen, sie hinhalten*, dachte er, *und mich allmählich den Häusern nähern, ich muss ...*

„Wir brauchen ein neues Haus", bellte die Stimme wieder, „ein neues Haus", echote es hinter ihm.

Frothard drehte sich um, sah aber niemanden. „Lasst mich in Ruhe, Ihr widerlichen Geister!", schrie der Verzweifelte und ging vorsichtig weiter in Richtung der bewohnten Siedlung.

„Wenn ihr ein Haus braucht", rief er den Geistern zu, „dann sucht euch eines irgendwo im Wald."

Da fing es an, von allen Seiten zu heulen, zu knurren und zu keuchen: „Du bist unser neues Haus. Wir wollen zu dir. Wir wollen wieder fühlen wie ein Mensch, wir wollen einen Körper haben ..."

„Wer seid ihr?", fragte Frothard und beschleunigte seine Schritte, während sich der feuchte Lehm an seine Füße heftete, die von Lederlappen umwickelt waren und mit Schnüren festgehalten wurden.

„Wir sind Menschen, die vor langer Zeit hier gelebt haben und keine Ruhe finden. Uns hungert nach Körpern."

„Ihr seid keine Menschen. Ihr kommt mir vor wie Ungeheuer."

„Und doch haben wir hier gelebt. Die Gier hat unsere Seelen verdorben."

Fieberhaft überlegte Frothard, mit welchen Worten er sie noch hinhalten konnte.

Das Haus, aus dessen Dach gelber Qualm aufstieg, erschien ihm wie ein Ort der Ruhe, und man sah jetzt auch die Windaugen, die Pergamentfenster, die leuchteten, weil drinnen Licht brannte.

„Warum gerade ich?", fragte der Flüchtling die Geister.

„Du bist geöffnet. Dein Schutzmantel hat ein Loch, das uns anzieht."

„Ich will euch aber nicht. Nehmt euch ein paar Christen, die taugen genauso gut als neue Häuser."

Der Rauch, der durch das Tal zog, roch wohltuend wirklich nach verbranntem Holz und geräuchertem Schinken.

Jetzt fingen die Geister wieder an zu heulen und zu knurren. „Wir können uns ihnen nicht nähern. Sie haben einen Geruch, der uns abstößt, ekelhaft rein und heilig."

Frothard stutzte. *Ekelhaft rein und heilig*, dachte er. *Man müsste sich so einen Geruch zulegen.*

„Wenn ihr nicht geht, dann ... dann rufe ich Gott Wotan an und den römischen Gott Merkurius", rief Frothard.

Da lachte es hinter und über ihm. „Diese Götter können uns nichts anhaben. Ihre Namen haben keine Macht!"

„Lasst mich endlich gehen. Ich bin kein gutes Haus für euch."

„Wir lassen dich nicht!", heulte es um Frothard herum.

Er biss die Zähne zusammen und schlug wie wild um sich. Es war, als wollte er die Luft zerfetzen.

Er stand jetzt ganz dicht vor einem der Häuser. „Hilfe!", schrie er.

Von drinnen hörte er Schweine quieken und eine Kuh brüllen.

„Hör auf zu schreien, sonst quälen wir dich Tag und Nacht und lassen dich nie mehr schlafen. Und dann wirst du uns anflehen, dass wir in dir wohnen, weil du dann wenigstens nachts Ruhe hast.

„Hilfe", keuchte Frothard, stolperte vorwärts und fiel in den Matsch.

Da hörte er eine Tür knarren und eine Stimme rief: „Ist da jemand?"

Die Dämmerung war zwar schon gekommen, aber trotzdem konnte Frothard einen Mann erkennen, der vorsichtig näherkam, die Wurfaxt griffbereit in der Hand.

„Vorsicht", röchelte der Verfolgte, „hier sind Geister, eine große Menge. Sie quälen mich!"

Der Mann trat näher und beugte sich zu Frothard hinunter.

„Was hast du gesagt?"

„Geister sind hier, viele. Sie ... sie bringen mich um."

„Damit muss du rechnen, wenn du in den zwölf geweihten Nächten unterwegs bist. Aber egal – willst du Hilfe?"

„Ja, ja, ja, helft mir um Wotans willen."

„Wotans Hilfe kann ich dir nicht anbieten. Ich bin Christ. Ich kann dir nur Christi Hilfe anbieten."

Frothard hielt sich die Ohren zu. „Hört auf!", schrie er in die Luft. Und zu dem Mann gewandt. „Ja, ja, ich will die Hilfe deines Gottes, jetzt sofort. Und ich verspreche dir ..."

„Keine Versprechungen unter Zwang", unterbrach ihn der Mann.

Er steckte seine Wurfaxt wieder in den Gürtel, richtete sich auf, hielt seine Handflächen schützend über Frothard und sagte laut und deutlich auf rheinfränkisch: „Kriste, skilt rumo uuaffan nolle finates! – Christus, halte mit deinem Schild die Waffen des Feindes fern!"

Frothard hörte, wie die Stimmen um ihn herum anschwollen, als ob sie geschlagen würden. Er richtete sich halb auf und keuchte: „Sie sagen, du sollst fortgehen, sonst kommen sie über dich!"

„Ich geh nicht fort", antworte der Mann ruhig und warf den Stimmen die letzte Bitte des Vaterunsers um die Ohren wie ein nasses Tuch: „Kriste, erlosa unsich fona ubile!"

Immer wieder rief er den Satz, als ob er ein Schild hochhielte. Nach dem siebten Mal reichte er Frothard die Hand, damit der aufstehen konnte.

Frothard ergriff die Hand, stand schwankend auf und hörte zu seiner Erleichterung, dass die Stimmen schwächer wurden.

„Sie werden schwächer, Wotan sei Dank!"

„Christus sei Dank", verbesserte der Fremde und fragte dann: „Wer bist du?"

„Ich bin Frothard. Die Geister haben mich verfolgt, bis du mit deinen Beschwörungen kamst. Ich danke dir!"

„Das waren keine Beschwörungen, sondern Gebete zu Christus. Komm mit. Ich bin Aitulf, Diakon der christlichen Kirche in Kylldal. Drinnen im Haus bist du sicher."

Als sie eintraten, sah Frothard in dem schwachen Licht einer Fackel aus Schweinefett ein paar Leute, die um die glimmende Feuerstelle saßen. Über der Glut hing ein Kessel, der an einem eisernen Dreibein befestigt war. Im Nebenraum hörte er wieder eine Kuh brüllen. Es war das übliche fränkische Langhaus, unter dessen Dach Menschen und Tiere wohnten und sich dadurch gegenseitig wärmten.

Alle blickten auf, als die beiden Männer eintraten.

„Das ist Frothard", sagte Aitulf, „die Geister haben ihn verfolgt, aber wir konnten sie im Namen Christi in die Flucht schlagen. Nimm Platz, Frothard!"

Zögernd nahm Frothard neben der Feuerstelle Platz, wickelte die feuchten Lederlappen von seinen Füßen und streckte seine eiskalten Zehen in die Nähe des Feuers. Er zitterte noch am ganzen Körper.

„Lasst uns ein paar Lieder singen, das wird ihn beruhigen."

Er wandte sich an Frothard: „Wir feiern seit neustem die Geburt unseres Erlösers nicht mehr im Januarius, sondern im December während der zwölf geweihten Nächte, in denen die Geister umgehen. Eine kluge Anordnung des Bischofs aus Rom, denke ich. Das wird die Ängste, die in diesen Tagen die Menschen befallen, bald vertreiben. Und man soll den Tag der Geburt, *Geweihte Nacht, Wihnacht,* nennen."

Einer der Männer stimmte ein Lied an und die anderen fielen ein: „Nu si unsich uuillicuma, druchtin Kriste – nun sei uns willkommen, Herre Christ ..."

Eine Frau stand auf, nahm eine Holzschale und schöpfte aus dem Topf einen Brei aus Gemüse und Fleischstücken.

„Hier! Stärke dich!"

Frothard zog aus seinem Gürtel einen Holzlöffel, den jeder Franke üblicherweise bei sich trug, und löffelte dankbar den Eintopf, der mit Beifuß und Lauchzwiebeln gewürzt war.

Als eine Pause eintrat, sagte Frothard nach dem letzten Bissen: „Ich danke euch allen, ihr habt mir das Leben gerettet. Dort draußen hielten sich eine Menge Geister auf, aber dieser

Mann hier“, er deutete mit dem Löffel auf Aitulf, „konnte sie vertreiben. So eine Macht hat nicht einmal Wotan. Ich ... ich werde mich so schnell wie möglich unter den Schutz eures Gottes stellen.“

Aitulf sagte ernst: „Ich habe es nicht mit meiner Macht getan, ich konnte die Geister in Christi Namen vertreiben. Heute Nacht bleibst du hier, Frothard. Ich werde dich in den nächsten Tagen unterrichten und dann wird dich Bischof Magnerich in Treveris taufen, wenn du es wünschst.“

„Ich habe von euren Taufen gehört. Was geschieht da eigentlich?“

„Du wirst über den neuen Glauben belehrt, du ziehst dich nackt aus, steigst in das Wasserbecken, bekennst deinen neuen Glauben und dass Christus dein Herr ist. Dann wirst du dreimal ganz untergetaucht. Anschließend bekommst du ein weißes Gewand an, ziehst in die Messe ein, empfängst Milch und Honig, wirst mit dem Heiligen Öl gesalbt und nimmst teil an der Eucharistiefeier, dem Abendmahl. Schließlich empfängst du die Konfirmation, sodass du Mitglied am Leib Christi bist und zur Kirche gehörst. Es ist ein sehr starker Ritus. Wir glauben, dass dann der Heilige Geist in dir wohnt und die unreinen Geister dich fliehen.“

Frothard schwieg und stellte sich die Zeremonie vor.

„Aber dieses Abendmahl … Ich habe gehört, dass ihr da Menschenfleisch esst und Menschenblut trinkt. Das will ich nicht!“

Aitulf schüttelte missbilligend den Kopf. „Eine Lüge, die die Heiden verbreiten. Wir essen ungesäuertes Brot und trinken Wein, um uns an das Opfer Christi zu erinnern.“

Frothard schien erleichtert zu sein. „Dann ist es gut. Taufe und Abendmahl will ich gerne nehmen, dann werde ich endlich auch den eklig reinen und heiligen Geruch haben, der die Geister vertreibt.”

* * *

18 DAS ERSCHEINUNGSFEST

Es schneite erst, als die Feiertage schon vorbei waren. Als ob der Winter keine Lust gehabt hatte, noch im alten Jahr zu erscheinen. Jedenfalls wurde es nach langen, lauwarmen Wochen kalt, und der erste Schnee fiel genau am sechsten Januar.

Katja war überrascht, als sie morgens aufstand und nach draußen blickte: Alles war wie mit weißen Tüchern zugedeckt, und sie sah, wie die Flocken langsam herunterwirbelten und es gar nicht eilig hatten zu fallen. Ihr Nachbar stand schon draußen im Mantel mit Handschuh und Schal und schippte seinen Gehweg frei, ein Auto fuhr vorsichtig um die Kurve. Die Streuwagen waren zwar schon gekommen, aber hatten die kleinen Seitenstraßen ausgelassen, und so lag eine dicke, weiße Schicht auf dem Kopfsteinpflaster und verwandelte die Siedlung in eine gemütliche Winterszene.

Katja ging in die Küche, füllte heißes Wasser in den Kocher, drückte auf den Knopf, machte den Backofen an und weckte die Kinder.

Diesmal genügte ein einziges Zauberwort, um sie wach zu kriegen: „Schnee!" Wie elektrisiert sprangen sie aus den Betten und rannten zum Fenster.

Florina, die Zehnjährige, tanzte ausgelassen im Zimmer herum und schrie: „Schnee! Schnee! Schnee!"

Aber der achtjährige Conrad sagte nur: „Und ausgerechnet heute müssen wir zu Oma und Opa fahren."

„Die haben sicher auch einen Schlitten", tröstete ihn Katja.

„Und einen Schneemann kannst du auch in ihrem Garten bauen", meinte Florina.

„Na gut!", brummte Conrad.

Der Besuch am sechsten Januar war schon Tradition, denn da hatte Katjas Mutter Geburtstag, direkt am Dreikönigstag bzw. dem alten christlichen Erscheinungsfest.

„Gut, dass ich mich für den Zug entschieden habe", murmelte Katja und schüttete etwas Tee in den Beutel. „Bei diesem Schnee sind Staus vorprogrammiert."

Vor zwei Jahren, als Norbert noch lebte, hätten sie garantiert das Auto genommen. Aber jetzt, allein mit den Kindern, war ihr das zu riskant erschienen.

„Wenn ihr euch schnell anzieht, könnt ihr vor dem Frühstück noch kurz raus und den Schnee testen!", rief sie in die Richtung der Kinderzimmer.

Sie holte die Butter aus dem Kühlschrank, befeuchtete die Brötchen und legte sie auf das Gitter im Backofen.

Während sie den Tisch deckte, dachte sie daran, wie die Zeit manchmal zwischen zwei wiederkehrenden Ereignissen zusammenschmolz.

Vor zwei Jahren war Norbert noch dabei gewesen, und es hatte nicht das geringste Anzeichen gegeben, dass er schon lebensgefährlich erkrankt war.

Letztes Jahr, ohne ihn, war Katja dieser Besuch wie ein Tag mit Suchfunktion vorgekommen. Immer hatte sie den Eindruck gehabt, Norbert sei gerade weggegangen und sie müsste ihn suchen.

Dieses Jahr würde vielleicht schon ein wenig normaler sein. Anfangs hatte sie gedacht, dass sie bei ihren Eltern absagen wollte, aber ihre Mutter meinte, es sei gut, gewohnte Dinge beizubehalten und so hatte sie zugestimmt.

Die Haustür fiel ins Schloss und ein kalter Luftzug fuhr durch die Küche. Katja blickte durch das Küchenfenster und sah, wie die Kinder sich mit Schneebällen bewarfen.

Sicher, die Sachen würden feucht werden, aber was machte das schon aus? Dann müssten sie sich eben umziehen.

Ohne, dass sie ein Wort sagte, wusste sie, dass die Kinder bei diesem Besuch auch an ihren Vater dachten, weil er eben immer dabei gewesen war, aber sie vermieden es, davon zu reden, denn einmal hatte Katja geweint und das fanden sie wohl nicht so gut und kamen sich hilflos vor. Weinende Kinder sind normal, aber weinende Mütter? Irgendwie seltsam.

Sie packte in aller Ruhe. Der Zug fuhr um halb elf und das Taxi zum Bahnhof war bestellt.

Zum Glück hatten ihre Eltern noch genügend Spielsachen, sodass sie nur Kleider einpacken musste und ein paar Knabbersachen für unterwegs. Die elektronischen Spielzeuge der Kinder nahmen wenig Platz weg und kamen sowieso in die kleinen Rucksäcke.

Als das Taxi kam, hatte es aufgehört zu schneien und so fuhren sie unter einem blauen Himmel mit weißem Dekor zum Bahnhof.

Seitdem die Kinder nicht mehr so klein und unselbstständig waren, wurden Zugfahrten immer angenehmer. Florina und Conrad hatten ihre Bücher, das Smartphone mit den Spielen, konnten schon ohne Aufsicht durch den Zug laufen und nervten sie nicht dauernd mit: „Wann sind wir endlich da?"

Sie nahm das Mutter-Kind-Abteil und konnte sogar ihre Sachen ausbreiten.

Eigentlich war es schön, diese Fahrt zu ihren Eltern. Sie brauchte sich um kein Essen zu kümmern. Den Abwasch erledigte immer ihr Vater und verbot ihr sogar, ihm zu helfen. Es war schön, einmal verwöhnt zu werden.

Gerade hatte sie sich in ein Buch vertieft, da sah sie, wie Conrad seiner Schwester vom Gang aus heftig winkte, weil er etwas Interessantes gesehen hatte. Florina zog zwar mit gespielter Gleichgültigkeit ihre Augenbrauen hoch, raffte sich dann aber doch auf, ihrem kleinen Bruder zu folgen.

Zehn Minuten später riss Florina die Abteiltür mit einem Ruck auf, sodass Katja zusammenzuckte und rief mit überschlagender Stimme: „Wir haben Papa gesehen!"

Katja wusste nicht wie ihr geschah. Mit allem hatte sie gerechnet, aber nicht mit so einer Bemerkung. Und Conrad sprang auf einen der Sitze und wiederholte diesen unsinnigen Satz: „Ja! Echt! Wir haben Papa gesehen! Und ich hab ihn entdeckt."

Katja Stimme wurde dünn und hart, als sie sagte: „Kinder! Damit macht man keinen Spaß! Ihr habt vielleicht einen Mann gesehen, der Papa ein bisschen ähnlich sieht, aber das ist ja nicht das gleiche!"

Florina stellte sich vor ihre Mutter hin, stützte die Hände in die Seite und sagte beleidigt: „Ein bisschen ähnlich? Der Mann ist Papa! Und er hat sogar den gleichen Pullover an, den hellen Golfpullover mit den schwarzen Streifen!"

Jetzt stutzte auch Katja, aber dann sagte sie: „Also passt mal auf. Ich finde es zwar irgendwie doof, euch das ausreden zu müssen. Aber ich habe Papa vor zwei Jahren im Sarg liegen sehen und ihr wart beide bei der Beerdigung dabei. Euer Vater ist … *tot*! Der kann hier nicht einfach so auftauchen und noch dazu in seinem Pullover, den ich bei der Caritas abgegeben habe."

„Doch, doch, doch. Er ist wieder da!", freute sich Conrad, „und *ich* hab ihn gefunden. Er hat mir sogar zugezwinkert!"

„Also bitte, Conrad, das geht mir zu weit!"

Florina sah ihre Mutter sehr streng an und sagte: „Wir geben nicht eher Ruhe, bis du mitkommst und ihn dir anschaust!"

„Ach, sieh mal an. Die Diktatur der Kinder! Wie stellst du dir das vor, Flori? Wir gehen den Gang entlang, machen die Abteiltür auf, und ich sage: Guten Tag, darf ich Sie mir mal eben anschauen? Sie sehen aus wie mein verstorbener Mann!"

„Nein, das brauchst du nicht. Wir gehen da alle hin, stellen uns vor das Fenster im Gang und du wirfst zwischendurch einen Blick auf Papa, ganz unauffällig!"

„Auf den Mann, der ihm vielleicht ähnlichsieht!", korrigierte Katja ihre Tochter.

„Ja, gut, aber es ist nicht so, wie du denkst!"

„Schön", seufzte sie, „ich komme mit, vorher gebt ihr ja doch keine Ruhe."

Sie legte das Lesezeichen in ihr Buch, ließ es auf ihrem Sitz zurück und folgte ihren Kindern.

Der Zug hatte gerade gehalten und einige stiegen aus.

Vielleicht steigt ja der Doppelgänger auch aus, dachte Katja, *dann sind wir ihn los und ich erspare mir die Peinlichkeiten, die meine Kinder hier anrichten.*

„Also", instruierte sie ihre Kinder mit gesenkter Stimme aber energischem Unterton „wenn der Mann noch da ist, dann reißt ihr nicht die Abteiltür auf, sondern wir bleiben wie zufällig im Gang stehen und ich riskiere einen kurzen Blick, danach gehen wir unauffällig wieder in unser Abteil zurück, ist das klar?"

„Zu Befehl, Frau General", sagte Florina. Dann gingen sie weiter. Der Zug fuhr wieder an. Beim übernächsten Wagen blieben die Kinder im Gang vor dem Fenster stehen und warfen ihrer Mutter bedeutungsvolle Blicke zu.

Katja stellte sich neben sie, sah zu, wie ein paar verschneite Hausdächer vorbeiflogen, Bäume und Autos, dann drehte sie sich langsam um und blickte kurz in das besagte Abteil.

Dort saß ein Mann in einem hellen Golfpullover mit schwarzen Streifen am Ausschnitt und an den Ärmeln, hatte ein Magazin aufgeschlagen und las darin. Katja sah, wie er kurz den Kopf hob und ihr in die Augen blickte. Plötzlich fühlte sie eine warme Welle durch ihren Körper fließen, in ihren Ohren summte es laut, dann wurde es ihr schwarz vor Augen. Nur noch verschwommen merkte sie, wie ihre Beine nachgaben und sie in ein dunkles Nichts fiel.

Als sie wieder aufwachte, lag sie auf dem Boden des Abteils. Nicht direkt auf dem Boden. Jemand hatte einen Mantel unter ihr ausgebreitet.

Sie blickte verwirrt hin und her. „Was ist … was ist los?", murmelte sie. „Wo bin ich?"

„Sie sind vor meinem Abteil ohnmächtig geworden", sagte eine Männerstimme, die ihr bekannt vorkam.

„N …Norbert?", fragte sie fassungslos und gleich hinterher: „Ich glaube, ich träume …"

„Siehst du Mama", hörte sie ihren Jüngsten, „wir haben es dir doch gesagt, dass wir Papa getroffen haben."

„Aber … aber", krächzte sie, ihr Mund war ausgetrocknet, „das kann doch nicht sein."

„Tut mir leid", sagte die Männerstimme, die sich wie die von Norbert anhörte, „dass ich Sie so erschreckt habe. Ich sehe wohl Ihrem verstorbenen Mann ziemlich ähnlich, was?"

Katja nickte unmerklich. „Ja, das ist wirklich … frappierend, selbst die Stimme ist identisch … Haben Sie etwas zu trinken?"

„Klar."

Der Mann, der wie Norbert aussah, griff nach einer Mineralwasserflasche, öffnete den Verschluss und hielt sie Katja hin. Sie trank und schloss die Augen. Das war alles ein bisschen zu viel für sie.

„Ich glaube, ich kann mich jetzt wieder setzen."

„Aber vorsichtig", sagte der Mann, der mit Norberts Stimme sprach. „Los, Kinder, helft mir mal, eure Mutter aufzurichten."

Mit gemeinsamen Kräften schafften sie Katja auf den Sitz und legten ihr die Beine hoch. Der Mann nahm den Mantel vom Boden, klopfte ihn aus und legte ihn neben sich. Katja blickte den fremden Mann an, der ihr so vertraut vorkam und schüttelte den Kopf. „Entschuldigen Sie, dass ich Sie so anstarre, aber es ist wirklich verblüffend und dass Sie auch noch einen ähnlichen Pullover tragen … Wie heißen Sie?"

„Ich heiße Andreas Solegna und wohne hier mit meiner Familie in der Nähe. Und jetzt müsste ich eigentlich gleich aussteigen." Er griff in die Tasche, zückte sein Portemonnaie und holte eine Karte heraus.

„Das ist meine Adresse. Besuchen Sie uns doch mal. Und … wenn Sie mir die Bemerkung gestatten: Ihrem Mann geht es dort, wo er ist, sehr gut.“ Er blickte Katja leicht besorgt an. „Kann ich Sie denn jetzt wirklich allein lassen?“

Katja fühlte sich zwar noch etwas schlapp, aber der Kreislauf schien sich wieder stabilisiert zu haben.

„Natürlich, steigen Sie nur aus und … vielen Dank für alles.“

„Also dann, tschüss!“

Er griff nach seiner Reisetasche und seinem Mantel, nickte den Dreien freundlich zu und begab sich zum Ausgang. Der Zug hielt. Die Kinder drängten sich an das Abteilfenster, um Andreas Solegna mit den Augen zu folgen. Da war er, winkte noch und war bald in der Menge verschwunden.

Vorsichtig stand Katja auf, die Kinder öffneten die Abteiltür, und gemeinsam gingen sie zu ihren ursprünglichen Sitzplätzen und zu ihrem Gepäck zurück.

Erschöpft ließ sich Katja auf das Polster sinken, holte einen Schein aus der Geldbörse und sagte zu Florina: „Kannst du mir aus dem Bistro einen Becher Kaffee holen? Und ihr könnt euch auch noch etwas zum Trinken aussuchen.“

Eine Stunde später fuhr der Zug in den Bahnhof ein, die Drei stiegen aus und wurden von Katjas Eltern Willi und Erika empfangen.

„Du siehst aber heute blass aus“, meinte ihre Mutter.

„Ich erzähl dir gleich, warum“, erwiderte Katja.

Beim späten Mittagessen ging es sehr lebhaft zu. Für Gesprächsstoff war gesorgt. Die Zugfahrt wurde von allen Seiten beleuchtet. Immer wieder tauchte der Name Norbert auf und es tat gut, den Namen auszusprechen und von seinem Golfpullover zu erzählen und so zu tun, als sei Norbert immer noch da.

„Weißt du“, sagte Katjas Mutter, als sie beim Nachtisch waren „wenn ihr die Leute mal besucht und die Kinder sich vielleicht an die Familie gewöhnen, dann ist es so, als ob ihr geschieden wärt und die Kinder ab und zu ihren Papa besuchen.

Eine männliche Bezugsperson würde ihnen sicher guttun."

„Das hört sich jetzt wirklich schräg an", meinte Katja. „Ich weiß nicht, ob ich ... ob solche Besuche nicht immer wieder alte Wunden aufreißen."

„Du musst ja nicht mitgehen", sagte Conrad.

„Da fällt mir ein", fuhr ihre Mutter fort, „Norbert ist doch bei Pflegeeltern aufgewachsen. Wer weiß, vielleicht hatte er einen Zwillingsbruder, sie wurden nach der Geburt getrennt und sind in verschiedenen Familien groß geworden und wussten nichts voneinander? Das soll gelegentlich vorkommen. Es gibt da die seltsamsten Geschichten. Neulich, in der Zeitung, wurde von so einem Fall berichtet. Die Zwillinge wussten nichts voneinander und haben sich erst als Erwachsene getroffen. Und stellt euch vor: Beide waren verheiratet, die Frauen hatten eine gewisse Ähnlichkeit und die Namen der Kinder klangen auch ähnlich, und beide hatten einen Baum im Garten und eine weiße Bank um den Baum gebaut."

„Wahnsinn", murmelte Katja. „Dieser Mann, Andreas So ... lega – oder so ähnlich – hatte sogar die gleiche Stimme wie Norbert, unglaublich!"

„Andreas Solegna", sagte Florina.

Katjas Vater, der bisher wenig zu der ganzen Sache beigetragen hatte, räusperte sich. „Hört sich alles sehr schlüssig an: Zwillingsbruder und so weiter. Aber es kann auch ganz anders sein."

„Wie anders?", fragte seine Tochter.

„Vielleicht ist dieser Andreas der Schutzengel von Norbert gewesen. Diese Karte, die er euch gegeben hat, ist eine Adresse, die es vielleicht gar nicht gibt?"

„Wie meinst du das?"

„In der Bibel wird behauptet, dass die Schutzengel der Menschen ihren Schützlingen ähnlichsehen, oder mit der Zeit ihnen immer ähnlicher werden, jedenfalls bei Petrus sollen die Leute gedacht haben, dass sein Engel vor der Tür stand, als er im Gefängnis lag und befreit wurde. Also hatten sie angenommen, der Engel würde Petrus ähnlichsehen. Vielleicht hat Gott dir ein Zeichen geschickt, dass Norbert bei ihm gut aufgehoben ist und du ihn loslassen kannst."

„So was Ähnliches hat dieser Andreas zum Schluss auch gesagt", erinnerte sich Katja und überlegte: „Er hat gesagt, dass es ihm dort, wo er jetzt ist, gut geht."

„Also Willi", mischte sich seine Frau ein, „das hört sich nun wirklich ziemlich abgehoben an. Katja und die Kinder treffen Norberts Schutzengel! Ich bitte dich!"

„Warum denn nicht?" Willi lächelte ein wenig, als er fortfuhr: „Übrigens, der Nachname von diesem Andreas ist doch sehr seltsam ... Habt ihr ihn schon einmal rückwärts gelesen?"

Florina schloss die Augen, bewegte ihre Lippen, dann rief sie: *„Angelos!"*

„Richtig", nickte ihr Großvater, „und *Angelos* ist das griechische Wort für Engel. Es bedeutet Bote. Und ist heute nicht der sechste Januar, das Erscheinungsfest?"

* * *

19 UNGESTÖRT

I

Sie saßen auf dem Sonnendeck in ihre Winterjacken gehüllt und betrachteten die norwegische Küstenlinie, die sich weiß bestäubt aus dem Morgendunst schälte. Irgendwo ein knatterndes Segeltuch, weiße Schaumkronen auf dem offenen Meer und von rechts wehten ein paar geröstete Zwiebeln vorbei. Jemand hatte sich ebenfalls nach draußen getraut und aß einen Hotdog – etwas umständlich mit Handschuhen.

Eine Stunde später rollten die ersten Autos von der Fähre, und Bernhard stellte das Navi ein, während er wartete.

Von Stavanger aus fuhren sie nach Norden über enge Landstraßen, auf dicken Schneeteppichen, vorbei an Fjorden und rund geschliffenen, weiß bestäubten Bergen, die nur noch an ihrem Fuß das Grün durchschimmern ließen. Trotz der einzelnen roten Holzhäuser unter ihren Schneehauben, die in der Sonne leuchteten, sah die Landschaft nicht lieblich aus, sondern rau und herb. Bernhard hatte den Eindruck, als ob jemand mit wilden Naturschönheiten in Norwegen um sich geworfen hätte.

„Genfer See hoch zehn“, sagte er.

„Was ist?“ Susanna, seine Frau, die neben ihm saß, hob den Kopf.

„Ich sagte Genfer See hoch zehn. Hier liegen Dutzende von Genfer Seen und Bodenseen herum. Einfach so, allerdings mit Meerwasser gefüllt.“

„Ach so. Ja, da ist was dran“, nickte sie und fügte hinzu, „in

Ropeid müssen wir dann auf die nächste Fähre."

Einen Augenblick war es still, dann meinte Bernhard: „Ein Glück, dass die Fähren im Dezember fahren und die Fjorde nicht zugefroren sind. Bin echt gespannt!"

„Ich auch", seufzte sie.

„Warum seufzst du?"

„Na ja, ich hoffe eben, dass alles klappt. Wir hätten über eine Organisation buchen sollen, dann hätten wir die Garantie gehabt, dass es etwas Vernünftiges ist."

„Ach was!" Er winkte ab und fuhr rechts ran, um einen Norweger vorbeizulassen. „Die Anzeige klang doch urig. Ist mal was anderes. Nicht wie diese ... diese Rundumversorgung."

„Wenn du meinst ..." Ihr Ton war voller Misstrauen. Sie zitierte aus den E-Mails: „Ferienhaus mit Kamin in traumhafter Lage. Bei starkem Frost: Eisfischen am Fjord. Rustikale Einrichtung. Ruhe und sternklare Nächte ..."

„Ist doch herrlich, Sanna!", rief er aus. „Natur pur, ungestörtes Leben, schlafen, lesen, Spaziergänge im Schnee, weiter Himmel und Weihnachten abseits vom Rummel."

„Warten wir's ab."

Sie mussten ab dem kleinen Örtchen Sand noch zwei Fähren benutzen, einen Pass überwinden und kamen gegen halb drei in dem Dorf an, wo der Hausbesitzer Carl Sungren in seinem Toyota auf sie wartete. Es dämmerte schon. Eine kurze Begrüßung und Carl sagte auf Englisch, dass er vorausfahren würde.

„Winterreifen?", fragte er. Das deutsche Wort kannte er wohl.

Bernhard nickte.

„Gut, gut", grinste der Norweger. Er fuhr los.

Bernhard und Susanna folgten ihm. Es wurde immer einsamer, die Straßen waren halbwegs geräumt, die Landschaft war fantastisch, aber der skandinavische Abend brach früh herein. Susanne schauderte, als sie sah, dass es um drei schon dunkelte.

Das Haus jedoch übertraf ihre Erwartungen. Alles war aus Holz, schlicht, aber gemütlich. Eine moderne Küche mit Spülmaschine und Mikrowelle. Es gab einen Fernseher, eine breite Terrasse mit Fjordblick, die die Sonne schon frei geschmolzen hatte und unten, an der Mole, wartete ein Motorboot auf sie.

Carl Sungren erklärte ihnen die Heizung, zeigte Carl, wie man das Motorboot in Gang setzte und wo der Reservekanister war, wünschte ihnen eine schöne Woche. Kurz bevor er ging, zeigte er ihnen im Schuppen eine kleine Tanne. „God Jul – Merry Christmas", sagte er und grinste breit.

Müde von der langen Fahrt, packten sie alles aus, verstauten ein paar Lebensmittel für das Wochenende in der Küche und bezogen die Betten.

„Ich liebe das Ticken dieser alten Wanduhr mit dem Pendel", sagte Susanna, als sie nach einem kurzen Spaziergang in der norwegischen frühen Nacht zurückkamen und es sich im Wohnzimmer gemütlich machten. Der Fernsehempfang war gar nicht mal so schlecht, und es gab sogar ein paar deutsche Programme. Vor dem Schlafengehen zogen sie ihre Jacken an, traten mit einem Glas Glühwein aus der Mikrowelle auf die Terrasse und blickten über den Fjord. „Hat etwas Beruhigendes, so eine Landschaft!", meinte Susanna. „Die wird ein paar Jahrhunderte so bleiben."

„Komisch", meinte Bernhard, „das Ticken der Uhr ist mir vorhin gar nicht aufgefallen."

Über ihnen breitete sich ein fantastischer Sternenhimmel aus. Funkelnde Lichter auf schwarzem Samt und ein Mond, der sich im dunklen Fjordwasser spiegelte.

Susanne fröstelte und ging ins Haus zurück.

Nachdem ihnen beim Lesen mehrmals die Augen zugefallen waren, schlüpften sie unter ihr leicht klammes Bettzeug und fielen in einen tiefen Schlaf.

II

Am nächsten Morgen stellten sie den Esstisch direkt vor das Fenster und frühstückten mit Blick auf den Fjord und den verschneiten Bergen, überwältigt von dem glatten Meerwasser, den zackigen Felsen, die sich im Wasser spiegelten und einer Ansammlung von bunten Häusern mit weißen Mützen auf einem Berg. Es wurde schließlich so hell im Zimmer, dass Susanna ihre Sonnenbrille aufsetzte.

„Unglaublich, dieses intensive Licht“, sagte sie.

„Und wie ruhig es hier ist“, meinte Bernhard, als er den Kaffeebecher absetzte und das Geräusch seltsam laut klang.

„Ich finde“, meinte Susanna und legte Bernhard den Arm auf die Schulter, „du hast die Hütte gut ausgesucht.“

Während sich Susanna nach dem Frühstück den verschneiten Obstgarten ansah und ein paar Eishimbeeren pflückte, ging Bernhard dick eingepackt zum Boot und drehte eine Runde auf dem Fjord.

III

Am dritten Tag wurde es wärmer, und an den sonnigen Ecken schmolz der Schnee. Die Wolken hatten sich zusammengezogen und hielten die Wärme. Fast acht Grad über Null.

Am nächsten Morgen fiel gegen elf etwas Regen und ein Gewitter fegte über die Bucht. Donner hallte als Echo zwischen den Felsen, Blitze zerrissen die Wolken und leuchteten im Wasser auf. Es wurde mittags so dunkel, dass Bernhard das Licht anschaltete.

Eine Stunde später krachte es irgendwo draußen und im Haus ging das Licht aus. Der Kühlschrankmotor stotterte, wurde still, und das rote Standby Licht am Fernsehgerät verschwand.

„Was war das?“, fragte Susanna beunruhigt.

„Wahrscheinlich Kurzschluss. Ich schau mal nach den Sicherungen." Bernhard tappte zur Eingangstür, griff nach der Taschenlampe, die auf der Ablage stand und leuchtete in den Kasten neben der Garderobe. Als er den Hebel nach oben drückte, passierte jedoch nichts.

„Stromausfall!", rief er.

„Und jetzt?"

„Ich such mal nach Kerzen und rufe dann bei Carl an."

In einer Küchenschublade fand er vier Teelichter und Streichhölzer, verteilte die Kerzen auf dem Couchtisch, zündete sie an und setzte sich.

„Irgendwie schön", meinte Susanna.

„Ja, das hat was!" Bernhard starrte die vier Lichter an und dachte an Advent.

„Du wolltest doch Carl anrufen!", erinnerte ihn Susanna.

„Ja, richtig." Bernhard stand auf, ging zur Garderobe und griff in die Tasche seiner Jacke. Nichts. Er suchte im Schlafzimmer und kam zurück zu seiner Frau. „Ich finde das verdammte Smartphone nicht. Hast du es gesehen?"

„Nein. Ob du es vielleicht im Boot …?"

Bernhard dachte nach. „Mist! Das kann sein. Wenn es mir aus der Jacke gerutscht ist, dann ist es hin. Ich geh mal runter zum Boot."

Er griff nach Mantel, Mütze und Handschuhen, holte die Taschenlampe und verließ das Haus. Das Gewitter hatte sich nun ganz verzogen, der Himmel klarte ein wenig auf und warf ein schwaches, aber klares Licht über das Wasser. Bernhard schaltete die Taschenlampe aus.

Tatsächlich lag das Handy im Boot unter dem mittleren Sitz in einer Wasserpfütze und war nicht mehr zu gebrauchen.

„Ich fahre jetzt zu Carl und melde die Sache", keuchte Bernhard, als er wieder oben angekommen war. „Es kann sein, dass ein Strommast in der Nähe umgeknickt ist und es niemand bemerkt. Wir sind ja die Einzigen weit und breit, die hier wohnen. Brauchst du noch etwas vom Landhandel?"

„Ja. Brot, Butter, Kartoffeln, Gemüse, Hackfleisch und Getränke. Ich schreib's dir kurz auf." Sie fand einen Zettel und notierte die Sachen.

„Gut. Bis nachher."

Da das Ferienhaus etwas unterhalb der Straße lag, gab es einen schmalen, vom Schnee geräumten Schotterweg nach oben. Bernhard startete und fuhr mit Schwung los. In der Mitte drehten die Vorderräder durch. Der Motor ging aus. Vorsichtig ließ Bernhard den Wagen zurückrollen und probierte es noch einmal. Wieder schaffte er es nur bis zur Mitte. Er hielt an, zog die Handbremse, stieg aus und sah Susanna unten vor dem Haus stehen: „Du musst schieben!", rief er ärgerlich.

„Was?"

„Du musst schieben, die Vorderräder drehen durch!"

Aber auch das Schieben half nicht. Schließlich ließ Bernhard den Wagen wieder zurückrollen, stieg aus und knallte wütend die Tür zu. Hektisch riss er Zweige ab und stopfte sie in den Matsch aus Erde, Steine und grauem Schnee. Dann probierte er es noch einmal. Aber sobald der Wagen bis zur Mitte gekommen war, drehten die Räder durch und schleuderten die Zweige weg.

„Jetzt brauch ich erst mal einen Korn!", knurrte er.

Er stapfte brastig ins Haus, warf Mantel und Handschuhe auf die Couch, holte sich die Flasche und zwei Gläser. Ohne zu fragen goss er Susanna auch ein. Sie setzten sich und leerten den Korn mit einem Schluck. Die vier Teelichter erinnerten Bernhard jetzt nicht mehr an Advent, sondern an eine Notsituation, und während er das zweite Glas trank, kroch eine leise Panik in ihm hoch.

„Findest du es auch kalt?", fragte Susanna.

„Im Augenblick nicht. Aber klar, bei Stromausfall ist die Heizung ausgegangen. Aber das kriegen wir wieder hin. Versprochen!"

„Und ... und wenn du zu Fuß zu dem Dorf gehst, in dem Carl wohnt?"

Bernhard schnaubte. „Das sind über zwanzig Kilometer, zum Teil steil aufwärts. Die Wege immer noch verschneit oder nach dem Regen reiner Matsch. Das ist eine Tageswanderung und jetzt kurz vor der Dämmerung völlig sinnlos."

„Und mit dem Boot?"

Bernhard überlegte. „Ja, das wär vielleicht eine Möglichkeit." Er rappelte sich auf. „Ich hol mal den Schlüssel."

In der Garderobe hingen die Jacken. Der Schlüssel war nicht da. In Bernhards Hose und in der Hose von gestern auch nicht.

„Hast du den Schlüssel gesehen?", rief er ärgerlich durch das Haus.

„Was ist los?" Susanna kam aus dem Wohnzimmer.

„Der Bootsschlüssel ist verschwunden. Hab überall nachgeschaut. Hast du ihn zufällig gesehen?"

Susanna schüttelte stumm den Kopf und sagte: „Was sollen wir bloß tun?"

Ihre Stimme zitterte. „Hätten wir doch bloß eine Hütte genommen, die nicht so weit..."

„Ja, ja, darauf habe ich gewartet!" Bernhards Stimme wurde laut. „Das hätte uns woanders auch passieren können. Wir müssen abwarten und Tee trinken. Vielleicht kommt Carl selbst auf die Idee und besucht uns, wenn er merkt, dass mein Handy nicht mehr geht."

„Ich mach mal Tee." Sie wandte sich zur Küche.

Bernhard lachte bitter auf. „Wie denn? Mit den Teelichtern? Die Herdplatten brauchen doch auch Strom und der Wasserhahn wird auch leer sein, wenn die Pumpe nicht mehr arbeitet."

„Ach so, ja. Wie wär's mit einem Feuer? Es ist inzwischen richtig kalt geworden."

Bernhard brummte etwas Unverständliches und machte sich daran, Späne und Holz zusammenzusuchen.

Bald brannte ein Feuer im Kamin und die leichte Panikstimmung, die aufgekommen war, legte sich. Sie gingen früh ins Bett und hofften, dass sich am nächsten Tag eine Lösung zeigte.

IV

Der Morgen ohne Sonnenstrahlen zog trübe über die Bucht, und das Frühstück mit lauwarmem Nescafé hob nicht gerade ihre Stimmung. Immerhin brachte Bernhard den Kamin wieder in Gang und das Prasseln des Feuers sorgte für ein wenig Gemütlichkeit. Dass Susanna noch vor ein paar Tagen mit Sonnenbrille gefrühstückt hatte, kam ihnen jetzt bizarr vor. Eines war klar. Es gab immer noch keinen Strom. Sie hingen hier fest.

„Ich probier nochmal, den Wagen hochzufahren", sagte Bernhard, „es ist nicht mehr ganz so feucht, und wenn ich alle weichen Stellen mit Holz und Zweigen auffülle, klappt es hoffentlich. Vielleicht hilft es sogar, wenn du neben mir sitzt. Je mehr Gewicht der Wagen hat, desto besser."

„Was willst du damit sagen?" Susannas Stimme klang pikiert.

„Nicht, was du denkst, ich habe rein technisch gesprochen", seufzte er.

„Und ich finde es rein technisch beleidigend!"

Bernhard stand auf. „Sanna!" sein Ton wurde schärfer. „Lass uns nicht über Kleinigkeiten streiten. Wir müssen zusammenhalten und mit allen Mitteln das Auto nach oben auf die Straße bekommen, sonst ..."

„Sonst was?"

„Allmählich werde ich nervös. Stell dir vor, wir sitzen hier tagelang fest, wir haben nichts mehr zu essen. Der Fjord besteht aus Salzwasser, und wenn das Holz zu Ende geht, wird es richtig kalt."

„Aber es gibt doch sicher irgendwo einen Fluss. Oder wir sammeln Regenwasser oder schmelzen Schnee."

„Toller Weihnachtsurlaub! Also, ich stopfe mal die matschigen Stellen mit Holz und Zweigen und dann probieren wir es noch einmal."

„Gut."

Aber auch diesmal kamen sie nicht weiter. Das Füllmaterial wurde weggeschleudert und der Wagen grub sich noch tiefer ein.

Bernhard schloss die Augen und ließ den Kopf auf das Lenkrad sinken.

„Ich glaube, du musst zu Fuß los ...“, begann Susanna zaghaft.

„Zwanzig Kilometer zu Fuß!“, brauste Bernhard auf. „Das sind vier Stunden und über den Berg noch eine Stunde mehr.“

„Aber was sollen wir denn sonst noch machen?“

„Ich warte noch einen Tag. Irgendwann müssen die doch das Kabel reparieren!“

Susanna öffnete wortlos die Wagentür, knallte sie hinter sich zu und stapfte ins Haus.

Bernhard, stocksauer, folgte ihr, trat auf einen Stein und knickte um. Fast augenblicklich schwoll sein Knöchel an. Fluchend hüpfte er ins Wohnzimmer.

Als Susanna erfuhr, was passiert war, sagte sie nur: „Dann kannst du den Weg zu Fuß vergessen.“

Bernhard humpelte wortlos in die Küche, holte sich den Korn und ließ sich auf die Couch fallen. Sein Bein legte er auf einen Hocker, dann goss er sich ein.

„Alkohol ist das Einzige, was dir einfällt!“, sagte Susanna.

Bernhard schwieg, und für einen Augenblick war es ganz still, bis auf das Ticken der alten Pendeluhr.

Plötzlich knallte Bernhard das Glas auf den Tisch und schrie: „Dieses Ticken macht mich noch wahnsinnig!“

Susanna ging wortlos zur Wanduhr hinüber und hielt das Pendel an.

V

Die Natur um sie herum, die sie anfangs so gewaltig und schön fanden, wirkte jetzt bedrohlich. Waren sie zunächst begeistert von den Felsen gewesen, die majestätisch in dem Fjord standen, erschienen sie ihnen nun wie schroffe, abweisende Blöcke. Und das Wasser, das bei einem blauen Himmel funkelte und glänzte, lag nun wie flüssiges, graues Blei in einem unergründlich tiefen Loch, umgeben von weiß grauen Wänden.

Bernhard erhob sich von seinem Stuhl, humpelte zur Garderobe, zog seine Jacke an, ging auf die Terrasse und blickte in den grauen Tag.

Susanna, die sich leise dazugestellt hatte und sich den Schal umband, sagte fast flüsternd. „Vielleicht sollten wir beten?“

Bernhard drehte sich zu ihr um. „Beten? Was soll das denn? Du glaubst doch nicht im Ernst, dass so ein Bilderbuch-Opa irgendwo im Himmel herumhängt, der nichts Besseres zu tun hat, als uns mit Strom zu versorgen?“

„Wie Gott aussieht und ob er im Himmel herumhängt, weiß ich nicht“, meinte seine Frau, „aber … aber es ist bald Weihnachten und Millionen von Menschen beten jeden Tag zu Gott und das können nicht alles Idioten sein.“

„Also ich weiß nicht. Das kommt mir irgendwie so naiv oder lächerlich vor. Auch dieses rührselige Weihnachtsgedöns mit Engeln und Schafen …“

„Findest du, dass Dietrich Bonhoeffer oder Martin Luther King Naivlinge waren?“

Bernhard sagte nichts, brummte aber nach einer Weile. „Na ja, natürlich nicht.“

Dann fuhr er lauter fort: „Wie stellst du dir das praktisch vor? Wir setzen uns auf die Couch, falten die Hände und beten: Lieber Gott versorge uns bitte mit Strom?“

„Warum denn nicht? Allerdings braucht man sich nicht dazu auf die Couch zu setzen. Meine Großmutter streckte zum Beispiel die Arme in den Himmel und schleuderte ihre Wünsche durch die Wolken.“

„Ach so?“

„Ja und das mache ich jetzt auch.“

Bernhard starrte mit offenem Mund seine Frau an, die ihre Arme nach oben streckte und laut sagte: „Gott, wir brauchen Strom oder wir müssen hier irgendwie wegkommen. Amen.“

Langsam ließ Susanna ihre Arme sinken und sagte: „Das war's."

„Das war alles? Und du meinst das hilft?"

„Ich weiß es nicht. Es war ein Versuch."

Während sie wieder ins Wohnzimmer zurückging, blieb Bernhard noch stehen und starrte in den Himmel, als ob sich nach dem Gebet die Wolken verschieben würden, aber nichts passierte. Die graue Decke hing wie ein schweres Tuch über der Bucht.

Schließlich folgte er seiner Frau hinein, nur um gleich darauf mit seinen Handschuhen das Haus wieder zu verlassen. Er begann draußen vor dem Haus faustgroße Steine zu sammeln. Die wollte er in die Erdlöcher auf den Zufahrtsweg stopfen und mit dem gesunden Fuß festtrampeln.

Da er Zeit hatte, ging er gründlich vor und hörte nicht eher auf, bis auch das kleinste Loch mit Steinen gefüllt war.

Er humpelte ins Zimmer zurück, holte die Autoschlüssel und rief: „Sanna?"

„Ja?" Sie kam aus der Küche.

„Ich hab die Löcher mit Steinen gefüllt und probier's nochmal mit dem Auto."

„Soll ich mitkommen?"

„Ich glaube, das bringt letztlich doch nicht viel. Wenn der Motor hinten wäre, könnte es das Auto schaffen, aber der Vorderradantrieb ist bei so einer Strecke schwierig."

„Viel Glück."

Bernhard schloss die Tür, setzte sich in das Auto, atmete tief durch und startete.

Langsam fuhr er an und schaffte es tatsächlich knapp über die Mitte. Soweit war er bisher nie gekommen, aber schon bei der nächsten Stelle drehten die Räder wieder durch, die Steine wurden nach hinten geschleudert und Bernhard musste notgedrungen den Wagen langsam zurückrollen lassen. Wütend stieg er aus, schrie und trampelte auf dem Weg herum, als hätten die Steine ihn persönlich beleidigt und zuckte zusammen, weil sein Fuß schmerzte.

„Scheiß Gebet! Und Scheiß Weihnachten", brüllte er, stürmte in das Haus und knallte die Autoschlüssel auf den Küchentisch.

VI

Obwohl sie fast nichts getan hatten, wurden sie nachmittags so müde, dass sie auf der Couch einschliefen und erst nach einer Stunde wieder erwachten.

Bernard hatte einen trockenen Mund, rappelte sich auf, wankte in die Küche und trank die Apfelsaftflasche leer. Dann brachte er das Feuer wieder in Gang.

Schließlich sagte er: „Ich geh noch mal an die frische Luft."

Susanna gähnte und fragte: „Was hast du gesagt?"

„Ich geh nochmal raus."

„Aber ...", sie zögerte, „pass auf dich auf."

„Wieso?"

„Du ... du bist manchmal so zornig und machst dann irgendwas Unüberlegtes. Außerdem ist dein Fuß verstaucht."

„Ich werd mich zusammenreißen und geh ja nur ein bisschen herum", brummte er und verschwand im Flur.

Susanna rappelte sich auf und sagte zu sich: „Jetzt brauch ich einen Tee." Aber dann fiel ihr ein, dass es kein heißes Wasser gab.

Bernhard hatte währenddessen seine Stiefel angezogen, Jacke, Schal und Handschuhe gegriffen und humpelte los.

Die Wolkendecke war inzwischen aufgerissen und legte einen blassen Himmel frei, der schon wieder in Dämmerung überging. Es wurde kälter.

Bernhard humpelte die Zufahrt hinauf, vorbei an den frischen Schlammlöchern, aus dem die Steine herausgeschleudert worden waren, dann weiter, bis er an eine Kreuzung kam. Er ging langsam. Eine Zeitlang führte ihn der Weg an gerodeten Waldschneisen vorbei und gabelte sich dann.

Er wählte den oberen Weg, blickte beim Gehen zurück und merkte sich die Stelle. Ab und zu, bei bestimmten Drehungen, spürte er seinen Knöchel.

Der Wald lichtete sich, Felsen und Farnfelder in grün-weiß wechselten sich ab, und wenn er nicht so schlecht gelaunt gewesen wäre, hätte ihm die Aussicht sogar gefallen.

Plötzlich blieb er stehen. Er hatte etwas gehört. Es klang wie das Bellen eines Hundes.

„Und wo ein Hund ist", murmelte er, „könnte auch ein Mensch sein." Er schloss die Augen, um sich besser auf das Hören konzentrieren zu können.

Es gab gar keinen Zweifel. Das war ein Hund, und das Bellen kam von rechts, aber schien weit weg zu sein. Bernhard bog ab, quer durch verharschten Schnee, Sträucher und Dornen. Im Gehen rief er laut: „Hallo! Hilfe! Help!"

Er blieb stehen und lauschte. Immer noch war das leise Bellen zu hören.

Wenn ich das Bellen höre, überlegte er, dann müsste man auch meine Stimme hören. Und haben Hunde nicht ein viel besseres Gehör?

Wieder rief er seine drei Hilferufe und versuchte mit den Fingern im Mund zu pfeifen. Aber es klang dünn.

Er lauschte. Das Bellen schien leiser zu werden. Er biss sich auf die Zähne.

„Es hat keinen Sinn, wenn ich hier durch die Gegend humple und mich vielleicht noch verirre oder ausrutsche. Ich drehe um."

Mühsam kämpfte er sich durch das Unterholz. Einmal versank er in einer verschneiten Vertiefung. Als er den Weg wieder erreichte, war er froh. Noch einmal lauschte er. Das Bellen war verstummt.

Enttäuscht erreichte er die Hütte. Als er schwer atmend das Haus betrat, saß Susanna im Wohnzimmer und hatte etwas Heißes, Dampfendes vor sich.

„Na? Willst du auch einen Tee?"

„Wieso? Gibt es wieder heißes Wasser?“

„Ja. Ich habe zwei Wasserflaschen gefunden und das Wasser im Kaminfeuer in einem Topf heiß gemacht.“

Er ließ sich in den Sessel sinken, legte sein schmerzendes Bein hoch und genoss den heißen Tee.

„Unterwegs hab ich einen Hund gehört“, sagte er.

„Einen Hund?“

„Ja. Ich dachte, wo ein Hund ist, ist auch ein Mensch in der Nähe. Habe gerufen und gebrüllt, hat aber nichts gebracht.“

Er wollte noch sagen, dass das Beten also nichts geholfen hatte, verkniff sich aber die Bemerkung.

Abends aßen sie ihre Lebensmittelreste: zwei Knäckebrote, einen Apfel und Ravioli aus einer kleinen Dose, die sie zehn Minuten an den Rand des Kamins gelegt hatten. Die Flammen waren das einzige Licht.

„Jetzt haben wir nur noch eine Bockwurst und ein paar Schnapsflaschen”, sagte Susanna.

„Na toll.”

Sie tranken das lauwarme Wasser aus der letzten Flasche und hingen ihren Gedanken nach.

Bernhard hatte bisher in seinem Leben kaum Angst gehabt, das letzte Mal, als er zwölf gewesen war und in einer Röhre festgesteckt hatte, aber jetzt kroch dieses beklemmende Gefühl von damals wieder unter sein Hemd. Was ist, wenn sie hier noch weitere Tage in dieser Isolation zubringen mussten? Was sollten sie essen? Womit sollten sie heizen? Ob er Bäume fällen musste?

Richtig lebensbedrohlich würde es wahrscheinlich nicht werden, vielleicht konnten sie ein paar Fische fangen und Regenwasser sammeln oder Schnee schmelzen? Was für ein Urlaub! Ja – ungestört und ruhig. Das war es tatsächlich. Ein Traumurlaub!

Er dachte daran, dass es früher Einsiedler gegeben hatte, die diese Lebensform freiwillig gewählt hatten, und ihn schauderte es vor so einem Leben.

Plötzlich schreckte er auf. Draußen waren Geräusche zu hören, Schritte, ein Scharren. Und hatte nicht vorher ein Licht geblitzt?

Er rappelte sich auf und schlich zur Tür. Draußen war es schon wieder dämmrig geworden.

„Was ist?“ Susanna war kurz eingenickt.

„Jemand ist an der Tür“, flüsterte er, „vielleicht ein Einbrecher.”

“Pass bloß auf.”

Bernhard blickte sich im Zimmer um, entdeckte die Eisenzange, die neben dem Kamin lehnte und ging auf den Eingang zu.

Leise öffnete er die Tür.

Draußen stand ein Mann in einer gefütterten Jacke und einer Wollmütze, grinste ihn an und sagte: „Hey!”

Bernhard fiel nichts Besseres ein, als auch *Hey* zu sagen.

„Deutsch?“

„Ja, wir sind Deutsche.“

„Elektrik – kaputt?“

„Ja, genau. Der Strom … die Elektrik ist weg.“

Bernhard fand, dass der Mann harmlos war und bat ihn herein. Die Eisenzange lehnte er unauffällig gegen die Garderobe. Susanna kam zögernd in den Flur und gab dem Mann halbherzig die Hand.

„Du macht Ferien in Norge?“

„Ja.“

„Gut, gut. Ja, mein Hund heute wild“, sagte der Norweger, „rennt immer hinter … wie heißt … Kaninlein her. Unsichtbar Kaninlein. Und jemand hat gerufen weit weg und da fällt mir ein, dass Carl hat eine Ferienhütte und hab geseh’n, wie Elektrikmast ist abgeknickt.“

„Stimmt“, nickte Bernhard. „Haben Sie, hast du ein Telefon, ein Handy … ein Smartphone?“

„Sicher“, nickte der Mann, „ohne Telefon hier geht nix.“

Er holte das Gerät aus seiner Tasche und gab es Bernhard.

„Darf ich ...?“

„Ja, ja.“

Zum Glück kannte Bernhard die Nummer auswendig und tippte hastig die Zahlen ein. Zu seiner Erleichterung knackte es nach dem Läuten, und er hörte Carls Stimme.

„Hallo Carl, hier ist Bernhard", sagte er erregt auf Englisch. „Wir haben keinen Strom, das Auto kommt nicht den Berg hinauf. Kannst du kommen und die Leute benachrichtigen, damit die Leitung repariert wird?" Er lauschte, nickte und sagte: „Ja, ja, keinen Strom seit zwei Tagen. Abgeschnitten. Mein Handy war kaputt. Hier ist ein Bekannter aufgetaucht." Er blickte den Fremden fragend an.

„Wie heißt du?", fragte Bernhard.

„Asgerd."

„Er heißt Asgerd, und sein Hund hat uns gehört."

Er schwieg. „Ja, ja, seit zwei Tagen. Kannst du kommen? Bring ein paar Lebensmittel mit und Wasser. Okay. Ja ... Wir warten. Danke."

Er gab das Handy zurück.

Eine Welle von Dankbarkeit machte sich in Bernhard breit und strömte auf Asgerd zu. Bernhard mochte plötzlich diesen Mann mit der Wollmütze. Er mochte alle Norweger.

„Vielen, vielen Dank, Asgerd. Wollen ... willst du dich nicht setzen?"

„Nein, nein. Felix wartet oben in Auto."

„Felix?"

„Ja, mein Hund."

Jetzt meldete sich Susanna. „Frisst Felix eine Wurst?"

„Ja." Der Norweger lachte, und Carl konnte sehen, dass einer seiner Backenzähne vergoldet war.

Susanna ging in die Küche und kam mit der letzten Bockwurst und einer Flasche zurück.

Die Wurst für Felix. Die Flasche für Sie!"

Der Norweger betrachtete das Etikett. „Ah, gut. Hardenberg. Deutscher Schnaps."

„Wir gehen mit nach oben", bestimmte Susanna. „Ich möchte Felix gerne danken."

Zu dritt gingen sie den Schotterweg hinauf zu dem Wagen, den der Norweger klugerweise oben geparkt hatte.

Aus dem Wagen klang fröhliches Bellen. Als der Norweger die Klappe aufmachte, sprang Felix heraus, roch die Wurst, die Susanna ihm entgegenhielt und schnappte sie sich.

„Nochmals vielen Dank."

„Ist okay." Der Mann tippte an eine unsichtbare Kappe, sagte: „Ha det bra und god jul", scheuchte den Hund ins Auto, fuhr rückwärts bis zu einer Stelle, wo er wenden konnte und rumpelte davon.

Langsam gingen Bernard und Susanna zurück.

Bernhard hinkte immer noch und hakte sich bei Susanna ein.

„Das mit der Wurst und dem Korn war eine gute Idee", sagte er.

„Ja", nickte sie und lachte: „Manchmal sehen Engel wie Hunde aus."

„Na ja", brummte Bernhard, „war halt Zufall irgendwie."

„Zufall? Ein Hund, der unsichtbare Kaninchen jagt, die ausgerechnet in unsere Richtung laufen?"

Bernhard sagte nichts.

„Ach", meinte Susanna und seufzte, „wie werde ich dieses Jahr Weihnachten genießen! Du musst nachher den kleinen Baum aus dem Schuppen holen und ihn schmücken, ich werde Plätzchen backen, sobald das Auto oben ist und wir einkaufen können. Wir werden jetzt immer oben parken. Wir werden Weihnachtslieder singen…"

Bernhard grinste, dann meinte er: „Eins ist auf jeden Fall seltsam."

„Was denn?"

„Erstens wusste ich bisher nicht, dass es heute noch Engel gibt, zweitens, dass sie manchmal wie Hunde aussehen und drittens, dass sie Würstchen fressen."

* * *